附神

我那借身給神明的父親

林徹俐——著

獻給我的父親　榮仔

目錄

推薦序　小女兒式的溫柔乩身　高翊峰　9
神的孩子都在寫字　蔣亞妮　19
推薦語　沈信宏／吳曉樂／周芬伶／陳思宏　24
入乩之前：相信　28
輯一　入乩：是父是神
父神　36
少年父的奇幻漂流　42
神軀　54

借問眾神明 65
六親不依 78
善男信女 88
過橋 98
可愛的馬 111
燃符 124

輯二 日常：神不在的地方

地磅站 128
樂園 137
光的所在 145
尚未崩壞的地方 156

看海的祕密小徑 166
小公園 170
風若吹 176
輯三　退乩：在神之外
父城 180
無眠隊伍 189
The F 199
我從來不是幽默的安慰者 214
過境 218
候鳥 227
相信以後：永遠的永遠 238

推薦序

小女兒式的溫柔乩身

——我讀《附神》之際囈語呢喃

高翊峰

不論是附神，抑或父身，生命尚在延續時，小女兒都願想你可以好好地，成為自己。林徹俐透過這本溫柔之書，將上述的訊號，清楚傳遞給終將成為「父親」身分的男性，也或許是行使父職的女性。這意欲溝通的對象，是世上約莫半數的他。**可能的數，總是如此龐大**。閱讀《附神》，其後的抒情，一如焚化的淨符灰燼，浸潤於水。我凝視那碳化的黑，感覺抵達，這本書已經為它自身做了理想說明與詮釋，也反覆提出深層的質疑：

在永遠的永遠之後，一個人無法避開的是能否成為自己，並且真切擁有那段微

小時光？

這項恆定的命題，需要面對「我究竟是誰」與「如何扮演自身」這兩種思索。這命題看似簡單也似重述，不過林徹俐將其置放於「神附於乩身的父」視角，由此開啟了小女兒式的對話。

特別標示小女兒式，原因無他，小女兒常是異於其他女兒的。這些微的差異，造就了這部抒情長文的檢視可能。

過往的閱讀，一直如樹自然向光。順讀《附神》時，想起了法蘭茲．鮑亞士（Franz Boas）致力的文化人類學的幾種討論點。我簡化論述，也試著由此思索這部抒情文集的解讀。比如民族誌學，研究者需要與被研究對象一起「長期居住」，也需以藉由「當地語言」進行研究。由此檢視，**小女兒**與**父親**，作為集體名詞，那共有的生活時光，以及日常承續的台語語文對話——這些可能是擴張與僭越的詮釋，但在閱讀如此細膩的**一位父親的附神乩身**細節後，這確實是我堅定的偏執解讀。

然而往前多跨足一步，更值得的針刺之點，是這集子裡「父的當地語言」，有兩種面向的探討：**父身之語，以及，附神之語**。

我粗魯將上述「當地」轉化，改寫為——**父的仿人語言**。

仿人，是本書裡的神諭能落地的唯一途徑。經由仿人的語文，神，這個符號，所傳遞的訊息，才能饒富情感意義。**寫作也是一種仿人的乩身過程**。我以此臆測，書中有幾個段落的描繪，隱隱揭露了林徹俐也曾在失眠的惡醒恍惚與生之迷惘的惶然，進入可能是乩身情狀的語言。這是小女兒的乩身時刻，也是小女兒式的仿人寫作。這或許是我如此偏執去相信當地語言需要在此轉身的原因。無如此，附神的聲與文，便失去**文化應是流體**的美麗可能。

在有限的經驗理解中，鮑亞士的文化相對論思索基礎，可能已為父的乩身安妥了座標。在研究特定文化行為的信仰與符號時——**什麼是**，乩身——是該從其當地性格啟動，那麼民俗的動態流動意義，才能被看見。這時，祖師爺、天上聖母、遊海城隍、蔡府千歲，祂們的語言，便以囈語呢喃的古典姿態，狀聲落地：

什麼是，父親聆聽的附神之語？

什麼是，小女兒聆聽的父身之語？

這兩道焚符之語，構築了**附神之父**的描寫。

若將文字敘事視為寫作者乩身之後的寓意，不難理解——父親成為神主的乩身，降聲指示。小女兒成為附神之父的乩身，降生文字。《附神》藉此值得讀者暫且放輕科學定律的驗證，從另一對理性之眼來看林徹俐與其田調對象之間，如何彼此附身，或許能是另類的抒情經驗論。

再者，關於祂藉由父身淌流訴說的神諭，也是一種經由**代為轉述**的書寫。在台灣的道教信仰日常裡，不難發現，如此乩身（**文字**），又會成為另一個問神者（**讀者**）的日常微小轉折。**雖非必然有變化，但那往某方向踩踏一步而開啟的漣漪，與時光樣同，無感也無情**。唯獨一事，附神者（**父親**）與問神者（**小女兒**）是相同的——對於未知的下一刻，誰人都顯得無能為力。

即便誰人乩身，悄悄以字降旨：

作為神使的父親，因為年歲，附神之力逐漸退弱。作為那小女兒父親的他，鬢鬚毛髮不可抗地灰了白了，也因降神祭不再因人繁雜，真正的父，才又能重新回到己身。雖是已老了、寧靜了、失語了的血肉，但那確實是紮紮實實的軀體，他之身

而為父。然而這一切，都是因為信仰與相信。

一人的信仰，因為相信，而能為另一人，有神。

回到最初最初的人神之間——那神，其實來自人性。那人，齋戒沐浴之後焚香的聖潔時刻，宛如那神。那神，並非人識的神，也不是人造的神，單只是因意念而生的神。

人身如此附神，祂是否真有具象的形體，下筆撫摸文字的瞬間，便不再需要擔憂。林徹俐沒有為此憂慮，才能寫父，進行附寫。讀者也藉由文字附神，閱讀父神，於是進入附神的父。**那父，是向神靈仲介而來的殼。殼裡，卻安藏有一小女兒的凝視。**深深的凝視無他，我想提及的是，關於定義愛。由此小徑，迴路到文本，靜靜散落的讀，《附神》都能是反覆討論關於定義愛的一次抒情伸展。

林徹俐盡可能卸除了繁華詞彙，進入純粹而潔淨的白描。述寫一如父的關愛術語，時而重複了調子，時而謹慎，但都吶喊了寫者的靈，也讓林徹俐吶喊她成長的乩身，引領讀者進入另一層的詰問：**軀體與靈存在與否的申論？**

我試圖應答這個問題：**妳一公克一公克測量著，與肉分離的靈，或者可以描述，**

一字句一字句測量之後，幽幽留下了游離意識的重量。

讀者如我，試著為他者乩身：

問神，在語文上，饒富一種「聲之對話」的意義。

對話當下，問神者面對附神者，是問事，是那世人對人的追問。再附神退駕之前，無疑是——若祂降福，誰能撿拾？若祂降罪，誰能躲逃？——的哀傷宿命。

幸運的是，天地人間尚存另一個迴路——當人面對那特殊的神語，聆聽的是答案，抑或鏡面裡仿人的回聲？讓活者在活著時，還有安心的一處所在，靜謐地同時聆聽也面鏡。

凡人因此都知曉了乩身問神，其實無比古典，無比日常。

或許是這樣，神靈進入活體，大於的附神。但也可能是，人的魂魄生成另一道述說神諭的共鳴聲，則是小於的父身。不論是誰人的經驗，與附神者共存，誰人的日常，與離神之父共生，這樣的日常經驗，降生在一位被喚為小女兒的靈裡，才有了這本書。小女兒透過文字記錄此聲，便成為父的此生。

這也是對文字的極高信仰。透過信仰，林徹俐檢視了不只父與女，還是檢視了家族原罪、善男信女、換帖兄弟種種人際，更試圖拉一把崩解毀壞的傳統系譜，重新建構我們對於迷信的認知。

迷信，是對於神與鬼怪的盲目信仰，或者，指涉那些缺乏科學論證基礎的信仰。這是教育部辭典裡的解釋。為了多元思索的視角，我也嘗試用批評的姿態，去閱讀這本書。批評行文當中的親愛盲目，批評其中非經科學驗證所得的荒謬思維，批評符咒語文的怪力傳統，批評哪些只因相信而企圖建構的仿擬世界……批評至此，稍稍反思便不難發現，那些無法被科學驗證卻悠然存於生活的道家日常，也存在我的過去。

一位曾經的大兒子，與林徹俐這位依然的小女兒，都藉由文字走入「相信／迷信」的歧路花園。**我們之間**，有何差異？或許無有差異。對於藉由文字虛構世界謎團的迷信，我那不理性的體質，可能更為嚴重。

我曾翻閱另一位人類學家馬凌諾斯基所寫的《巫術、科學與宗教》。他在書中針對新幾內亞超卜連茲島奇里維那所進行的土著民族誌學研究，論述了該島土著生活裡的「走陰人」角色——土著可藉由走陰人與死去的亡靈（巴婁馬）溝通。走陰人，也等同乩身者、觀落陰的引路人、深夜於神壇桌前解籤的附神之父。在那走渡冥河，或者額眼開光的時刻，在人類開啟宗教的時光裡，不論在何處的島嶼之國與陸地之國，總存有介質一般的那神那父那人。那人，有男有女，與神靈共感共處的體質敏感亦有強弱，但不論異質差異如何，最終最終都在為活者轉述另一世界的訊息。

是的，不論馬凌諾斯基是否相信因寫落而留存的民族誌學信仰記錄，之於擁有附神之父的小女兒，最為迷戀的美麗迷信便是——**為活者轉述另一世界的訊息**。

《附神》俯拾的一字一句，便是為活者轉述另一世界的訊息。書寫至此，迷信，已然轉身為一種對於探測多層世界的個體認知偏執。

偏執之於書寫，即便無法被感知，也總是美麗的。人們總是因為相信，而能活，而願意活吧。

至於那些無有信仰也無法相信之人，林徹俐都將其等滯留於，神不在的地方。

在這位小女兒的凝視裡，神不在的地方，便是家族。家庭有神，以寫刺向家族，便失去了神。單一的家，仍能保有治癒夜間失眠的紙符，複數而成的家族，遺忘的不單是神佑，而是失去了信神的共同體。那些不相信的所有目光，都含有睥睨。不相信的親族，那些睥睨，像是纏人的皮蛇，難能治癒。

林徹俐在此提供了可任意取捨信仰的選擇權，同時，也將自己放置在由人逼視的異樣目光裡。這是一次需要勇氣的書寫解剖。小女兒肢解了女兒身，重新發現了父親，找到複寫父親的視角，也觸及了**相信本身亦是真實**的隱喻。

讀完《附神》之後，你若如我，曾經有一父者，又再成為另一個孩子的父者，那麼**此身為誰人的抒情乩身**的思索自流應生。是如此的深情，這故事能被允許寫落；是如此的溫柔，這樣一位父親能由小女兒乩身訴說。

不論乩身入乩漫漫越過多少時光，父身總要退乩，重返素衣的日常。那小女兒式的寫者亦是，在文字裡退乩，在神之外，留下屬於她的青春諭示：

在堅硬的現代城市，如此文字，是飄浮在氣流的海草。你看見它們時，會以為那綠色、紫色、粉紅葉肉，是在水裡緩緩的飛。

沒有羽翼的我們，總是試圖去飛。

《附神》是林徹俐拋擲自己的一次試飛，並邀所有讀者陪伴飛翔。

這樣的飛翔，是多數人的必要生存想像之一。當寫者向遠方拋擲一顆我球，總是期待那拋物線的方向裡，會有另一個人的一雙手，穩穩接住我球。然後，寫者等待，等待那顆我球，是否會以不同的路徑，飛回到手窩。

體驗孤單，約莫像是向著牆拋擲球。

體感抒情文被書寫誕生的過程，應該就是站立懸崖邊緣，面向大海，多次拋擲重回手窩的我球。然後，一次比一次安妥，將自己這顆我球，拋擲得更遠再更遠一些。

這一次，妳附身於令人期待的小女兒，面向大海，拋擲了自己的字。我順著出版的精緻編排，也站上那座海崖，同步往回拋擲了那即是墜落中、也是飛翔中的情感狀態。我終於看見那位寫者妳，與你附身所寫就的小女兒。我曾經等待，屬妳的幽微光耀，至少越過了十年以上的時光。不過從相信到相信以後的故事裡，說明了在這路上的漫長等待，如此值得。

推薦序

神的孩子都在寫字

蔣亞妮

我等這本書超過十年了，早在書寫開始之前，在十八歲後木棉第一次盛烈開綻，開始落墜於大度山之前。

她騎著機車順著上升的大度山，經過還沒有改名的中港路，與尚未建成轉運站的空地後，抵達了雙層巴士般的校園停車圍牆。牆外有時速近百的巨業客運帶著從沿海小鎮黏上的風沙，刮過她因為剛睡醒趕來上課還微微水腫的臉頰，她有一對像是在人文大樓五樓邊廊長夜裡，無空汙縮時攝影般看到的星點，那樣的眼。

劇場的燈亮，課堂的燈暗，那些拖得長長的戲衣如青春甩尾，她與我合踩著舞步，演當年那一齣以「神」命名詩句的舞劇。沙風越過H大，如地下水般漫進排演的階下教室，那是尚只能以書寫轉譯卻未能命名與重建的青青廢墟。沙風敲窗擊門，不知道是誰打開了出口，那一年，風直直捲向了她問：「**妳在寫什麼？**」那是海的聲音，卻不是台中的海，是西濱朗朗南方大海，是她故鄉父身的聲音。

請原諒我開始時說錯了，沒有人應該等待一本書，書本不過都是字的容器。我等待她的字，超過十年了，早在我開始書寫之前，我等她一如等待自己最初的書寫。每一顆字晶，都像吳爾芙日誌裡說的，是「永遠不會描述出來的一段經驗」。我們極力讓那些經驗漂浮著，家世與故事都成為我們筆下逆行與順向的遠方。十八歲開始遠行，遠行的小女兒是她，而我只是她在灣裡的風都吹不到的山上，遇見的另一些字。

本該懂得與世界甜膩相依的小女兒，不知為何卻總屢屢告誡自己，應許之地不存在，人都是不被需要與六親不依的。如她偶爾作為乩身讓神明進入的父親，那一次次化身為神的儀式，也可能陷落時間。時間在她離家之後，開始改變，隨著髮鬢斑白，明確感知到了父親成為「神的時間」漸漸少了，神力退陷的時間，像是神交還了父。而她的寫作，在家鄉之外，竟以女身幻姿與當年父的附神，緩緩重疊。寫作也是一種降靈的交換，我和她的交換開始於那一年的大度山，課堂有時也似神壇，寥寥只剩像我和她這樣女子的寫作課堂，以及那之後鋪展開來如蜀道般的長路，我深切知曉為了寫下去，她付出了多少心魂。那樣的交換，正如她寫父親被神明附身起乩時，重複交疊的激烈與鬧哄。有時一把香往頭上扎，鮮紅血點流洩；有時一句輕描過的誤解，更是以血描紅。

如今的她，已然能穩穩寫下：「神曾對我說，當我在寫作上無法書寫時，可以問祂，祂會教我的。不過形而上、無所不在的神，會發現我正在我的書寫中質疑祂嗎？」善良與才能，能引神，也能入魔。這一條路上，我們背著光走往不同前方，只偶爾在冰涼視窗、深夜咖啡館回到如最初一般，寥寥只有彼此的課堂。我們反覆替對方溫習誤解與曲折的人心，折疊那些易感的自己，收進字的衣櫃，換上新的美衣與洋裝。沒有人也沒有神能教我們的事，在這本書裡，都被她化解與祭改般的，替換成了穩當的字，十幾年的修煉終究讓這本書成型，同時保有著最初與最新的模樣。

在所有的風景，不管是開花沼澤或是祕密小徑裡，最為訝異的是她選擇了「父親的女兒」，作為她能寫的萬事萬物裡，第一個書寫點。疫年未完的一次相聚時，她將父親年初交予她的平安繩結，贈我一條。繩結被我收納隨身，偶爾掏翻到時，竟也像在歌行複踏間忽然懂了，若神附於父，那女兒亦附於父，父親是她心中最貴重的神龕，裡頭有沒有神，已不重要。

這次換我讀她的字。

她的記憶是一整座的秋茂園，是連在過去都早早傾頹了的樂園。每個城市、每個童年，都有一座荒棄之所，一如圓山舊兒童樂園、大坑亞哥花園，當然更有她筆下的台南秋茂園。於是，當她召喚出某個記憶切面，寫成年後她與父親再次去到那已然荒蕪的園所時，只有舊時的大牛雕塑仍保有童年的憨實模樣，卻也已被時間劃上了裂痕哀傷。這般哀傷更染上讀字的人，樂園不再，「現在沒有人會稱『秋茂園』了，漁光島取代它蛻變成為美麗的存在。」

漁光島是新的樂園，一如小女兒長大、寫字，散文是她習得的神力與符籙。當父親問她：「哩攏是咧寫啥物？」支吾難言的話語，被她在夜裡房間書成回答。回答是什麼？如她寫下：「父親將要七十歲，日子稍微安靜了，他終於成為一個寂寞的人，無親可依，也無親來依，歲月真正靜好，要幸福了。」這便是她婉轉而抒情的一次作答。

然而，書寫通往的答案是⋯⋯在回答之前，請先與我返抵過往。

十八、十九歲的她，與我一同成為系上的轉學生，東海的勞作教育困煩著無法晨起的我。我在午間無人圖書館的書架間歸位藏書，長長的文理大道每次要左轉回德耀路前，總會嘆上一口更長的氣，那樣的困頓時光，未知能寫與不能的湍流路口，她幾乎是唯一未曾錯讀與誤解過我人與字的存在。木棉如今已經墜跌過十幾回夏天了，我才在她的字裡明白，理解與寬慰，往往來自不願他人受自己曾受的傷。**書寫將通往的答案，並不存在**。過去的人事，再無法和解召喚，有些經驗的深刻或艱難，將永遠不會被描寫出來。《附神》是她贈父與世人的平安繩結，書寫不能紓開痛苦，可寬慰處是，一切困難，也都不能重來。神在遠方，父在過去也在未來。當父親成為乩身書畫符字、當女兒穿山越海寫下自己的文字，這裡的神不定形體也非關信仰，神是山脈與大海、文字與時間孔隙，如此我們，才能都是神的孩子。

我們從二十多歲的丘陵轉身下山，這本書的抵達並不延遲，剛好熟成落地。我依然祝願她前方有長長的路，寬廣的海，鋪展開來直到明亮的地方。雖然，父的女兒已如此強大，她將持續書寫，任前方無光或燦爛。

推薦語

（按姓氏筆畫排列）

徹俐寫字，總能寫得長，她說話，也是這樣，把整顆心攤平壓實，氣韻飽滿，睜大眼讓你看。這本書更是，把父親和女兒的關係，像棉花糖拉絲那樣，綿綿密密地旋繞，看似巨碩牢固，其實入口柔甘甜，幻化粉彩。在父親慣於隱身的社會裡，難得能讀到這樣一本徹頭徹尾，堅定守望著父親的女兒書。

最讓我感動的是，一個看似不太受重視的么女，因為帶財而免於被出養的命運。父親在她成長時陸陸續續忙著神事、生意事、親族友朋勾串雜事，沉浸在迭出不窮的失意與挫折，找不到袪除一切迷霧的答案時，她這個蜷縮在暗影裡的小女兒，即使對自己仍充滿質疑，正練習張開手指探光，即使父親也帶給她不少打擊，仍虔誠地為父親提問，相信父親是一切問題的答案。

身為父親，才發現原來女兒的愛竟可以那樣純烈，像宗教中的女神，以身歷劫卻能救苦拯難，心懷所愛是苦海的羅盤。

所有的出發都可以是為了父親，前進的過程中，發現自己與父親的種種相似之處，沿途就有了父親作伴；每一個人生的決定，都是向父親的晤談與答覆。有人寫父親是為了除魅，推翻過往不容質疑的權威，她寫父親是為了附神，入父親的身，駕起父親的心。

乩身父親算不清自己的命，她寫，把他們多舛的舊命，抵著筆尖，力寫到透出血淚。未來是一張白紙，寫字小女一切未知，卻將順順勢勢，雙手絕對緊握不放，因為她已經從父親的信仰裡，修煉出自己的神。

——沈信宏

《附神》一書，是林家父女倆各顯神靈。父親凡人之軀為神所借，他的寫字小女下筆亦是處處有神。打小「與神同行」的徹俐，洞明了虔誠背後的私慾薰繚，也看盡深溺之人易扯人下水的傾向。僅容人居的家屋，注定容納不了遇神蔓生的己願，成住壞空無限輪迴。諸父異爨的感傷，於文脈底下伏流，潺潺水聲從來不絕。世人皆知人的終點是神的起點，卻未曾想過神是否有搖晃欲墜的一瞬。閱讀時，我屢為一事動情：徹俐這個險險留不住的小女兒，未曾放棄為她一生憨直易感的父親辯駁。寫字有時是行鑿壁借光、以小取大之槓桿幻術。黑暗四合之際，她點字成符，拂過胸口烈火，嘗試驅散父親人生險途上的鬼魅。她是父神最真摯可愛的香火。

——吳曉樂

神退之後，是疲憊、無奈、悲苦，作為乩身父親的悲劇貫穿全書，是父神也是附神之血書，情意與靈思晃動。累積十餘年，灣裡通靈少女成為都會文學女子，以文字入神，深入台灣底層鬼神世界，爆發不可思議的文學景象。

——周芬伶

讀林徹俐寫父親，像讀符。燠熱潮濕的島嶼南方，家族的人情纏繞迷障，繁複的道教儀式，親情的拉鋸，成長不可避的孤單。父親是神明的翻譯者，靈力附身，寫符為凡人解惑。女兒寫散文，或許也像父親寫符，以文學重返家族往事，拉出性別的、宗教的、親情的辯證，問神問鬼問天問父，坦白真誠，滿紙勇氣。符紙混亂中有秩序，散文真情告白顯莊嚴，父者女兒皆生動，充滿故事能量。父不說愛，而是問：「身軀擱有錢無？」女兒以散文書寫回答、質問、回憶，如此深情，稀有珍貴。

——陳思宏

入乩之前：相信

曾經聽過一個說法，父親是在孩子出生之後，才有真正成為父親的感覺，孩子一面成長時，一面學著當一個父者。

在很多時候，對我而言，父親像一個被保藏許久的祕密，既遠卻又靠近。

兒時在填父親職業時，母親和姊姊們都要我寫下「商人」兩字，家境一律填小康，實際上我僅知父親在我幼稚園到小學時期，開過鐵工廠，鐵工廠若是一家商店，賣什麼我也說不清。而後鐵工廠只存留住家功能，父親時常用大型提袋來收納，裡面放著一盒盒大小不一，有些帶著閃亮，有些不那麼明亮的物品，把玩時會被制止說要小心，別折損了商品。

在初青春期時，一個未被警敏的尋常夜晚，我抬頭仰望黑白監視器，畫面中混雜的人影，身影中陌生與熟悉交錯。隔天我似乎正常去上學，家裡一片晦暗，那時同學從新聞報導裡得知了我家的祕密，他們紛紛向我確認：「那是妳家哦？原來妳爸是做那個的。」祕密被揭露，我同時陷入另一種恐慌，其實關於父親，還有很多的祕密，要探尋的話，彷彿在一座樹蔭密布的森林裡，意圖尋找一顆星星，必須耐心且仔細。

我想，自己至少花了二十多年的時間，去感受夏日濃密森林裡，那唯一的星星，我的父親。

兒時我和父親極親暱，我喜歡窩在父親懷裡撒嬌，直至弟弟出現前，青春期的姊姊們沒有人和我搶奪父親，我有一種獨享父親寵愛的感覺。到我也漸青春後，在不明確的時間點中，和父親因為各種爭執，以及學涯規劃的認知差異，我們離得越來越遠。

記得和弟弟都尚小時，每回的爭執，我都刻意對他說，他是外面垃圾場撿來的，他才不是我們家的孩子，惹得童稚的弟弟大哭。但後來我懷疑自己才是被撿回來的孩子，有很長的時間裡，我和父親彼此的不了解，以及對他的資訊一點一點增多，我曾思考過，我會不會不是他真正的孩子，如同八點檔裡，我可能是被誰託付給他，或被遺棄，他於心不忍帶回家養的外人。

在冗長的成長史裡，我觀察父親，一步步更靠近他，也在某些時候，大概是基因的影響，我才發現我們的相像。

那個總是不被了解的父親，才正被開啟。

我原以為父親是處女座男子，因為晚報戶口，父親身分證上的日期，也不完全是他真實的出生日期，父親身分證上的日期是天秤座，不過無法確定晚報戶口多久，我想他或許介於兩者之間，他有處女座的潔癖，要求完美，還有古板及高要求，可是他又有天秤座那種黑白分明，追求公平的特質，又喜歡美的事物。

但是扣除這些，父親就是一個奇怪的男子，他是個心地柔軟的人，卻養出五個剛強的女兒，他能被神附身，卻不靠此來維生或開發一點好處，他常常因為捨不得而救濟別人，卻往往換來傷害，再暗自悔恨。

從懂事開始，我漸發現父親對於他人的眼光與耳語，非常介意，或許是人生旅途裡，充滿過多的落石與傷害，他給自己的標準是，自己付出的部分，看起來要是完美滿分，要做到讓人無話可說，即使自己的收穫是負的也沒關係，或是在他人看不到時，他才偷偷暗自發怒或抱怨，自己的付出不被看見，不被相信。

父親很願意相信別人，那種全盤的信任，如同後來他對神的虔誠，他選擇了相信，原因非常多，但最多的是因為我們是「親人」、是「朋友」，但父親的相信始終是枉費的，很後來才會發現，別人是利用他的信任而欺騙。

而父親的不被信任，也許並不完全說是信任與否的問題，父親談起事情來，容易語氣激動，但他總是真誠替別人著想，或他早已預測到事情的後果，如同他在面臨手足間的事情一樣，他會撂下狠話，認為對方不聽就算了，以後也不要來問他，失敗了也別向他求救。當然，深知他脾性最大缺陷即心軟與好說話的人，最終依然還是會找上他，父親絕對會抱怨或罵說，當初就說了，你就不相信之類的話，再去幫忙解決。

如此的信任與不信任，在父親的一生中迴旋往復，像一條莫比斯環，無限循環著。

若是我在環帶命運中，性格與父親逆向的女兒我，必會繞過一個圈或逆向奔馳，作為一種復仇，而父親絕對不會。

曾經在年節聚會裡，姊妹們想對傷了父親的親友，以他們慣用的玩笑式語言進行一點冒險小復仇，父親側耳聽見了，搖搖手要我們別得罪人。後來我依然趁著父親不留神時，偷偷地、笑笑地說上幾句話。那個晚上，我間歇性的失眠症好了一晚，夢也是甜美派。

為了剪斷命運或父親性格裡那條環帶，我努力讓自己聽懂他人語言中真實與虛假，我決定成為第一個絕對相信父親，且對他絕對誠實的人。每當我寫下一切關於父親，都像剪一次環帶，若剪不斷，也要讓自己成為一道剛強的屏障。

我像父親，卻又不是那麼相像。他多愁多思又總有夢，或許是那種敏感體質能感應神，我也充滿許多愁思與夢，甚至讓神開了除夢之符給我，但我無法真正感應神，頂多是在某些時刻會隱約感覺到些微不同。比起父親對神的全盤相信，有時我是想挑戰神的，對於神，我總是介在信與不信之間的灰色地帶，但無論神是否能因為人的景仰與香火而庇佑，我選擇相信的時刻，其實是因為父親，我想相信的是父親，而非神，父親不會欺騙我，如同他這一生沒有惡意欺騙過任何人。

有種相信，是女兒對父親的相信。

無法確定當我寫下所有文字時，是否會成為一種復仇或埋怨。但我最初是想替那個永遠在意他人言語與目光，導致無法真正為自己發聲的父親，說些什麼。父親不欺騙他人，反而會欺騙自己，說服自己要相信別人，那些人絕對不會的，不會帶來傷害或欺騙，最終父親要獨自承擔結果。

如果我相信他，會不會很多事情就會不同？

我相信父親能在某些時刻讓神進入身體，成為神幾小時，相信他說過的一切都是真實，關於真的傷與恨，或是他人說過的每字每句，抑或是來自許多人莫名的目光，甚至是他和親友間發生的每一則事件，我都相信父親，並承載他的傷與善，還有挫敗。

因為懂得父親人生上一路的顛簸，我也想成為讓他可以相信的女兒，讓他知道當年別人笑著說他都生女兒，那是別人的惡意與不理解，但他要相信自己的女兒，能夠強悍地守護自己的家，𠢕跤（台語：指能幹）與否都不重要，重要的是父親能在往後的日子，相信有女兒也能過得很好。那不是命運決定，而是選擇相信。

當我成為能聽懂父親口中所有的過去與故事的年紀，父親已是四個或五個女兒的父親，從嚴格的父親，到偶爾必須聽女兒話的父親，長年鑽研過各種通書，同時能感通神多年的他，從未想過自己會有那麼多個女兒，他沒有問過神，那可能是他難得相信自己的命運，或者該說幸運。

也可能是命運或神意，父親也曾熱愛寫字，他中學時期的週記，每一週都有很滿的新聞與他的評論，那時的他能完全真誠地敞開內在，化為紙張上的字句，後來當父親有這種顧慮，無法隨心對話訴說時，我便承繼那份書寫，替他寫下關於這一切，以女兒的目光。

也許和想像有點距離，我將它寫在這裡，屬於我和父親的相信，我期待我們永遠都不會遺忘，我們手裡握著的那份相信。

當我寫完一切關於父親，我相信父親，一定會走向更好的日子。

因為我們開始相信。

輯一

入乩：是父是神

神離開祂的軀體而進入父親，
父親的身體的腔室如一個容器，必要時靈魂讓位於神，
空出位置好以將神安座，靈魂與神在洞裡來來去去。
此刻，他不是我的父親，而是神。

父神

大年初六，早上十點多，我還在睡夢中，外面鑼鼓號角聲已經大聲作響，我知道父親又化身為神了。

這一天，是神預定好要祭改的日子，他只吃了一頓早餐，神便進入他的身體，他變身為神，手拿七星劍和刺球，在香煙縹緲中，替那些一大清早來排隊，踏過長木凳橋後，手拿三炷清香及生肖、性別紙牌的善男信女一一斬除壞運。那一刻，父親眼神堅定，穿著黑色手工平底軟布鞋的雙腳，踩著穩重的七星步伐，整個人充滿驕傲的自信，氣勢將不滿一百七十公分的他撐得高大。

自小，我就知道父親是神，在每個週末晚上，他總會先洗澡淨身，安定地坐在客廳的木製三人椅中間座位上，接著父親的好友阿林叔會將佛廳的香爐移放置椅前的木長桌上，輕輕將一塊小木條放入爐裡，再緩緩加入一點木屑粉，客廳逐漸煙霧瀰漫，像一種神聖儀式。待時間一到，父雙手握拳、手臂彎曲舉過頭頂，一上一下，身體微微顫抖，接著從齒間吐出氣息，最後雙臂慢慢放下，手掌安穩地撐在桌面上，距離比肩膀還寬些，坐姿直挺，展現出些微的霸氣。

父親開口說話，那音色還是他，不過帶了種特殊語調，像古調，聲音微微提高，每個字都稍微拖了一點點長音，少了他平時講話的南部腔，反而像是在說一種文雅腔的台語，此刻，他不是我的父親，而是神。

那些圍在長桌旁等待的人一個一個輪流發問：「現在時機歹，做生意攏賺嘸錢，逐工賠本，欲安怎？」「我女兒出去旅遊回來，就一直發高燒，去看醫生都說沒事，要怎麼辦？」任何疑難雜症都有，除了常見的生老病死，失業、升學、婚姻問題……接著來，種種與人有關的困擾，都在這浮現，而他正一一替他們處理。有時皺眉掐指一算，算出了結果，提起毛筆沾紅色墨水在黃紙上寫下一些神祕的文字搭配符號，交代要隨身攜帶或在金爐繞三圈後燒成灰佐陰陽水喝幾口；或用符令點火後邊念咒語並在出問題的人頭上繞幾圈：「拜請眾神明來敕令……」某某人，本命宮幾歲，遇見了什麼困擾，唸畢後再以沾了墨水的濕紅毛筆在頭上畫道符或輕觸留下紅點。似擁有某方面長才的專業人士，他仔細地替那些人解決問題，每個動作都有慣性的簡潔俐落，神情充滿著自信。

每一次，當時針已巡迴好幾圈後，神問：「還有沒有什麼事？」當眾人回答：「沒有！」之後，神將從父親的身體退去，父親雙臂再度舉起，一上一下成彎曲向內，接著緩緩從齒間吐出一大口氣，父親整個人便放鬆下來，身子微微駝背向前，手肘放在大腿上，此時，母親便會先備妥溫開水或洋參茶給父親喝，說是要舒緩身體內的五臟六腑。神退去後，父親將身子向後靠著椅背，一口一口將茶水緩慢送進體內，問母親今日神交代了哪些事情，邊聽邊安排每件大小事情該如何處理，一如往常般，他像部隊裡的班長領導著他的「兵」，主導著這個家的一切，只是回歸現實的他，神情顯得有些疲憊。

究竟作為雲遊四海，但總要替世俗凡人處理各種疑難雜症和煩惱而忙碌的神，所以才讓他感到疲累；或是褪去神的光圈，他也像那些來找神問事的凡人一樣，都有屬於自己的忙碌和煩惱。答案，我並不知道。

在做神之餘，為了生計，父親一生做過許多工作，木工、廚師、菜販、金工師傅……，還開過鐵工廠，因此擁有許多的能力。小時候，我分辨不太清楚他在哪些時間裡是神，還是父親，但一直以來我認為父親即是神，他如同擁有神力的仙人，幾乎沒有被難倒之時。兒時我愛盪鞦韆，父親便以童軍繩和木條打造，讓我擁有屬於自己的鞦韆；長大後騎車摔傷，父親化身國術師，替我推拿扭傷的腳，並以藥油推散淤青，讓傷復原不留痕跡；此外，家裡六個孩子的名字，都是經過他搭配五行精心算出來的完美筆劃，讓我們擁有好名字帶來的命格。

關於父親很「神」這件事，或許不是只有我發現，後來越來越多人到家裡來，他們像那些到廟裡燒香的人一樣，想求得一些什麼。

曾經在幾個夜裡，我在睡夢中被吵醒，睏倦地躲在樓梯上，從縫隙中看見聚在一樓客廳的人，他們似乎在等待著什麼。其中，有父親的親戚，他們跪在冷冷的地板上哭求著父親，說他們真的被逼得走投無路了，可不可以再借個幾十萬或借房屋去貸款；也有父親的朋友，喝了酒在坐在長木椅上大聲咆哮，說因為事故要跑路，威脅著要父親貢獻多少跑路費，否則就綁架孩子；還有不常聯絡的遠親炫富式的細數自己吃過的高級料理，要求父親要更改姊姊婚宴的菜色，改訂她推薦的專業廚師，否則別人會覺得菜色寒酸，突顯出我們沒見過世面人家淺薄的內裡。

好多人來找父親，占據我們家的客廳，為了各種不同理由。

其實我從來不懂，為何他們找上父親，也不清楚，他如何處理每個來到客廳的人，好讓他們甘心離開。雖然每次面對這些人時，他總是眉頭深鎖，吵雜結束後，他一個人站在屋外，從口袋裡掏出香菸，燃起後默默的抽著，沒有人知道他想著什麼。

隨著父親的髮鬢漸白，父親作為神的時間少了一點，我猜可能是神力降低了一些。只是那些在客廳來往的人，卻沒有離去，反而一直在變化，他們樂於和父親分享，談自己兒女的學歷和薪資，偶爾也會試探性地問父親，父親每回都簡單地微笑以答很少，便不再回答；除了分享還熱心，聽說父親的汽車老舊要汰換，便爭相介紹，帶他到熟識的車廠買賣，結果卻高價購入事故車，車商卻早已避走，他氣憤，卻怕傷和氣而不願意追究，私自承擔下。

近幾年，父親常患一些感冒牙痛類的日常病，偶爾遺傳性的骨頭痠痛症也會狂妄地發作，病症侵蝕身體，他像隻慵懶的貓躺在床上休息一整天，但日日依舊早晚不忘在佛廳敬茶，而身體只是繼續著，並沒有好轉也沒有轉壞。

有時候我會猜想，父親會不會只是罹有一種特殊神病的患者而已？

當神不在的時候，他像個孩子，有病痛，會上當受騙，也曾在世俗的眼光中受傷，我不曉得他是否曾暗自哭泣，只知道他默默用不寬的肩膀努力扛起一些什麼。

喜歡父親作為神，彷彿擁有全世界強大的能量，人生在世的一切都能掌握在掌中，永遠被捧在高位上——沒有重摔的可能。

若能一直是神，或許都會好起來吧？

（原載二〇一二年九月十九日《中國時報》副刊）

少年父的奇幻漂流

長年以來，父親不僅敬神，對於各式習俗儀禮，皆有自己一套嚴選標準流程，全家都必須遵守。母親若沒備好各種不同祭拜的牲禮，父親必會為此微怒唸上母親幾句。

父親初一與十五皆為茹素日，純粹的蔬食素，不容奶蛋。生活中，關於嫁娶、祭祖、喜喪事，無論家裡的拜拜或到廟裡參拜……等，此類需要謹慎的事，皆要翻過通書確定吉日與相對應之吉時，有時生肖若犯沖，則須避開，命名須配合生辰八字，佐以五行選字，不得有一絲馬虎。每年除夕，父親恭敬地拜拜送神，圍爐時總要在客廳擺放炭燒的火爐，說是能燻驅穢氣，屋裡若有不潔的靈，便能得以驅除湮滅，同時有祝禱家庭興旺的意義。每年我們總在白煙環繞間開啟團圓飯，先涮下一條長年菜，放進口中不能咬斷的吞嚥下肚，祈禱生命的長遠。

我揣想，父親的虔敬，或許來自他在某些時刻能與神疊合為一的關係，如此親近神，不得不敬。

過去的父親，不信神。

少年父，燃香拜神時，僅是來自對神靈的敬畏，並非篤信神的力量能改變什麼。年輕的父，天天追逐著日子討生活，在各種工作間來去，只求能攢存更足以負擔生活的費用，那段人生裡沒有多餘的縫隙，能夠容納進神是否真靈驗的思考。那些奇幻、神祕而莫可測的力量，頂多只在他休學去當兵時，在大崗山下的部隊裡輪流站哨，守著凌晨時分夜色與睏意，忽然從碉堡那傳來詭譎的人聲，他總不以為意，部隊在山區，猜想或許是什麼動物發出的詭異的聲音，接著一團夾著白霧的寒風吹過來，包圍著哨崗，部隊裡的狗聲聲嗷嗚地吹起狗螺，父親被寒意吹醒，皮膚起了雞皮疙瘩，朦朧間似乎瞄到什麼，他也不確定，只好趕快振起精神，瞪大著眼睛，摸摸背後的槍，安然度過那班哨。父親當年對於神並無特殊想法，尚未與神相通感，直到某日午間，他躺在散兵坑休憩，先是感覺被碰了一下，身體忽然被不明物打到，睜眼張望四處都沒有可疑的東西，接著又是幾次的重擊，而後是一個模糊身影，樣貌像父親老家，當年阿公從廟裡恭請回家奉拜的雷王公，是雷王來告訴父親在部隊裡要小心，解除父親的遇鬼危機，少年父當然對神感恩與尊敬，但尚未預知到自己往後人生將與神同在。

家中神明廳的神桌旁，有個祖先神龕，供奉我們林家的神祖牌。一旁有三幀裱框黑白照，除了我所知的阿公、阿嬤外，最舊而泛起黃斑的，是我從未見過面，早在我出世前，早許多步到天堂做神的三叔，照片裡父親雷同的炯炯雙眼皮大眼，微高挺的鼻梁，與劍眉形，只是眼神中透出灰色憂鬱，像在名人傳記裡某個不被記住的失意藝術家。

往年掃墓都有一丘是三叔，墓曾經蓋得寬闊，後面能讓人走動，兒時和同輩的孩子們，總毫無顧忌地在坐在像圍牆的墳丘後面高處，一向喪葬忌諱的父親，還讓孩子們與「慎終追遠」四個大字一起留下合影，他說：「家己人，無要緊，恁三叔會庇佑恁遮的囝兒序細。」

父親的手足中，三叔和他最為相似，也最親暱，兩人年輕人還同做木工，在父親老家不過幾張榻榻米大的閣樓裡，打磨著一顆顆的木珠，兩人和諧而默契地分配好工作，向著同個工作目標邁進，那是二十幾歲的他們。三叔的病也是在最青盛之壯的年紀，如曼陀羅花忽開而後蔓延，沿著父親老家廚房的木樓梯，往爬上去便是他們曾經的小閣樓，後來成三叔的單人房，為讓病痛的他能好好休養的一處方室。

所有生命的變化，總來那樣靜，彷彿夜裡偷賊杳無聲息的腳步，正偷走那無法用「如果說……」、「如果當初……」這類句子來挽回的逝水命運。

年少三叔曾陪朋友去算米卦，當時的相命師對著兩人，指著三叔說：「這个人毋是一般頂的人。」三叔不信，那相命師接著說：「我跟你說你毋信，你的歲壽到二十幾就會歸天了。」後來三叔溺在對死亡的恐慌中，家人陪同去找相命師，相命師卻說自己道行不夠，無法解此命運，還是趕快去找神明。三叔的人生，像被說破的祕密，相命師預言後不久，他騎腳踏在路燈不明的暗夜裡被計程車撞，在醫療尚不發達，醫藥費高昂的年代，路人發現倒地不起的三叔後，將他送往到密醫的診療室醫治，樣子看上去沒事，身體沒外傷，只覺得身體的疼痛感不斷從身體內部透出，密醫替他吊點滴後也止痛了，此後，三叔身體時常疼痛，是種無法說明病因，但時刻疼痛著，折騰人的不知名病。父親氣米卦的算命師，把三叔的命格說破，如果沒說出來，或許三叔會無事順順過一生，但人生就是不會有那個「如果」跟「或許」能讓人重新選擇。

面對身體日日冒發不明病痛的三弟，父親不捨地為他四處奔走找醫生，吃了大量中西藥，皆無法真正病除，僅偶爾能靠打針減輕疼痛，擔憂的父親轉向廟宇問神，有神說沒有救，命到了盡頭就該走，問到其中一尊神告訴父親，別忙了，再問多少神都一樣，三叔不是凡人，時間到了就該走，家人不要傷心。

父親不死心，又返回老家附近問同安宮的主神五府三千歲，灣裡人慣稱「三王」，意思是三王爺。三王最初說祖墳風水問題，林家承擔不起三叔這個人，不要浪費精力，順其自然。尚年少，一股傲氣剛毅與不信神鬼的父親，再聽親朋間有人報說，高雄竹仔港的祖師廟，祖師爺在關子嶺修行，二十歲就得道成神，應是法力無邊的神，或許有法可解三叔的命格。祖師爺要父親一家別貪圖一時的享受，再囑咐須找草鞋來做法事，那是早已無人在穿草鞋的年代，父親踏遍了許多遠處，連沒人敢去的墳墓、有應公廟都去找了。而最後祖師爺卻說：「這冊是恁想欲救，就會當救的……」少年父大怒，大罵祖師爺很自私，哪來法力高強，畢竟大家都說祖師爺很玄，父親覺得那又怎麼會救不了三叔，他甚至踏遍各處找來草鞋，結果卻一樣。祖師爺受辱後便退了扶乩的輦轎，不與跟父親談。帶著不理解的埋怨，往後的幾年間祖師爺正籌錢蓋廟，父親堅持一角元都不願捐。

過了與祖師爺的爭端後，父親的朋友再帶他去問關帝爺，得到的回應是：「已盡力。」短短三字道盡一切。在那天到來之前，始終無法放手的父親，彷彿要翻覆整座島嶼似的，走過大小廟與宮，甚至是私人的壇，醫生無法救，只好向神探求一絲希望。他將求神路的終點落定在老家附近的同安宮，畢竟主祀的三王爺，是早年我們同姓的林姓先民隨著鄭成功軍隊遷徙，從福建同安渡海遷至灣裡草埔仔一帶落地開展，因此大家總說同安宮是「姓林仔王宮」，附近居民、信徒多姓林。像手心裡只剩一枚許願硬幣，父親將冀望全放在三王，他想著三王從我們先祖，一世一代地守護著林姓人，絕對有法能解三叔的命運，而三王卻指示：「此人是天上星宿落入凡間，來凡間的時辰已到，厝內的人該放手讓他去，毋通留戀。」

三叔也不願家人為他奔波，家貧又為治病拋擲大量的醫藥費，要父親別把錢都花在他身上，早晚這條路都是他必須獨自走的。當時他在台南最好的韓內科醫院住院多時也不見病癒，韓院長告訴父親尋無病因也就無法找到醫治對策。三叔日夜被疼感侵襲，三叔終要離世那晚，在半夜的韓內科病房外，風狂飇，鳥兒啾啾狂叫，甚至有猴子哭號，彷彿揭示著什麼的異相，科學證據無法清楚說盡的怪奇，同病房一位七十多歲的老人，對父親說：「恁小弟真勇敢。」意思要家人們不要傷心，讓三叔能好好走，並說父親的二女兒要過繼三叔當孩子，舉行簡單儀式就好，錢留著生活。老人的言談中，彷佛知曉什麼未知的事，老人會不會是神扮演而成，來接引三叔，同時安撫家人，這個答案至今無人能解疑。

三叔過世要下葬時，忽然有位高雄小港的地理師，連夜奔來指示埋葬的位置，應該要退後三尺，如此風水才會庇蔭兄弟，並要求家人去剪紅布，讓他披紅彩幫忙走禮，否則沒有禮貌，走禮完再唸咒，完成整個下葬儀式。

回想和三叔做木工時，父親說三叔擁有獨特藝術天分，往往能做出有些超凡精巧的物件，整個人散發著異於流俗的氣質，晚上睡覺還會說神語，彷佛在與看不見卻存在的東西對話，但他未曾想過，三叔是否真帶著異於凡人的仙氣體質。

父親記得神話人物中，有位彭祖與三叔的命運相像，同是在年輕時，被相命師預示命短，而彭祖卻能遇見八仙，祈求八仙讓他活長一點，結果活了八百歲之長，也許閻羅王的生死簿被塗改，有了闕漏，也可能彭祖命運如此。父親感嘆三叔沒有神能救，在不長的時間內，他見過無數被說法力高強，能護佑眾生的神，終究無法讓三叔成為下個獲有神助而續延壽年的幸運彭祖。

三叔去世前曾說，他一人犧牲是為了成全整個家庭更好，去世後，大伯、父親、屘叔，三個餘下的兄弟都賺大錢，當年在灣裡草埔仔老家享受過幾年的風雲盛旺，成為街坊鄰友口中的成功人士。關於三叔或種種無法解釋的異相，即使被預言成真，父親卻從不以為那是神的顯靈或庇佑，關於神或神諭，對尚青壯的父親而言，就像天上的星星渺遠而抓不住，命運是握在自己手中的。當父親也用三叔大概真來自神祕而悠遠他處，原就不屬於這世界的說詞，本是用來安慰自己的放手，到他對孩子們介紹說三叔在天頂當神仙，已經是很後來的事了。

在父親深踏每個腳步入地，頑固地信仰著「做人無賺就無得呷」的信念，不信命運是握在神手中的現實凡日裡，他忽然被附身。有一回他因事到二姑姑家，恰逢二姑姑的女兒身體不舒服，鼻子忽然無法呼吸，醫生看了無效。被附身的父親，向二姑姑討一支香菸抽，二姑姑一家甚奇，慎重地詢問：「汝毋是阮小弟吧？請問汝是……？」被父親念著古腔台語說：「我叫作遊海，二十歲，恁小弟是我的主公，我欲來恁林家報恩，但是我也毋是正式的神格，快帶囡仔去馬鎮宮找馬王爺，說是我遊海介紹的。妳的囡仔是有鼻病，生鼻瘤，請馬王爺開藥方，吃了就會好。」二姑姑帶著孩子回灣裡老家附近的馬鎮宮，廟方人員正扛轎扶乩在問事，問完得了藥方後，一帖藥才十幾塊，吃完孩子就病癒。

初次的降駕，父親尚未理解在自身上，發生了什麼變化，以為那僅僅只是偶然發生的怪奇事件。

不久後，父親年輕的朋友在拜法師，朋友邀約他去，父親不信神，只跟著去鬥熱鬧，卻再次被附身，當時的主神是很凶的五府千歲中的池府千歲，誤認附在父親身上的遊海城隍是邪靈，眾法師欲打趕，卻打不過。遊海忽然笑了起來說：「恁這些憨法師，恁甘熟識我？恁按呢就想欲壓過我，哪有遮簡單？」那是二十出頭歲的遊海的傲氣，也像極了父親的倔強，與少年時的盛氣。

遊海向池府千歲自介是水鬼城隍，明朝尾清朝頭的人，自出生無父母，被一員外撿去，收養後就必須工作養家，於是被派去討海，年輕少年遇上浪潮，木筏翻覆被壓死，在海面浮沉時，見有神經過，渴求神的搭救，不斷向神祈求，卻沒有任何神願意伸出神聖之手，自此這少年落為水鬼，往後每逢海難就救人，努力將落水的人撈上岸，因而能得道成神。台北知名的霞海城隍是北巡，祂則是南巡。

遊海的存在，為始終認為沒有神，而孤獨存在的父親生命，帶來變化火花。

三叔還在時，約莫是體質不凡的關係，也曾被神附身，但因身子較弱，被降乩的時間若拉長，身體內裡的痛楚又會如浪捲來。而三叔離世後，父親則代替了三叔生命裡的未完成，成為能被神好好附著的軀體。好似未曾觸碰的按鈕被輕輕按下，少年平凡踏實的人生旅途，被開啟了一段奇幻而神妙的旅程，而這段旅程並沒有終點，是場永無止盡的冒險漂流，原來這就是父親的天命。

遊海城隍初來時，父親未能和祂完全相感，降乩總來得突然，彼時少年父的生活也連帶被殃及，因此總惹得他煩躁。加上當時遊海得道時間還不悠長，僅領有能辦陰間事的地旨，權限僅有處理祖先、王者，或犯沖煞、卡陰，還無法領有能辦處人間事的天旨，關於凡人運勢、運途、事業、感情等，甚至是引人修行之類的陽間事，遊海尚未被玉皇大帝賦予權限，還不是能跨域闖蕩陰陽間辦事的神格。

父親漸能感應自己將要被降駕的初期，間或被五府千歲那五位王爺偎駕，幾次指示裡，大千歲與二千歲都曾幫助過家人。而後父親與阿公竟都夢見有麻豆的天上聖母說與林家有因緣，指定要到林家被奉拜，當時還存有一絲懷疑的父親，帶著好奇與阿公走訪麻豆，發現真有其廟，並對著聖母擲出三次聖杯，透過正式儀式將聖母請回家裡，成為家中主要家神。聖母的到來，像要完整父親的神性與人生。聖母說林家為了替三叔治病，導致家中景況漸下，因此報父親賺錢，又在母親難產時派了註生娘娘來駐守，並帶著年輕遊海城隍領了天旨。

領旨後，遊海的神格從此完滿，後來凡有事，眾神必是透過城隍出面來指示。遊海向頑固不信祂又鐵齒的父親表明自己要來救世，父親的身體若借祂用，祂願教父親天文地理之學，並示意父親的命格為「六親不依」，會命苦，親人、手足沒有能幫助他成功，或讓他能依靠的，同時提醒父親，忌與人有金錢往來關係，否則做什麼生意都必敗。

父親躊躇了一段時間，從被迫漸接受，最終成為自願替神在人間行事的使者。父親說他思索許久，最初除了不信神靈能在凡人的生命中起作用外，他始終在思考遊海初來時，說來報恩，那會是什麼？在被附身前，無論是父親或林家，沒有人認識遊海，與林家祖先也無淵源，父親僅想到唯一的可能，那便是他年輕早逝又超凡的三弟死後在天上得道成仙，因而渡遊海成神，牽遊海來向他報恩。

父親心中沒有放下過的遺憾，便是他沒有順利挽救三叔。而遊海的出現，不僅幫助了可能注定命苦的他，彷彿也將陰陽兩隔的兄弟，兩人之間對彼此的牽掛、惦記與情深，在看不見之處再相連起來。父親多年來研讀通書，略懂命理風水，除了身體出借給神，與遊海合作救世外，也偶爾免費替人看屋子風水或命名，同時謹守一切禮節規範，深怕觸碰禁忌，或壞了一些什麼，漸漸我才明白父親的謹慎，是深怕再有遺憾，他寧可相信，也不願錯失。

即使那年三叔庇蔭大家的風水，在父輩兄弟計較著三叔都只庇蔭誰，而將當年小港地理師相定的圓滿風水毀壞，林家在歷經親人漸往天上去後，家道再也不起。但每一次被遊海附身，父親便會想起這是三弟最後留下的溫柔，那同時是他們最靠近彼此的時候。

（原載二〇二一年四月《印刻文學生活誌》二一二期）

神軀

我從沒問過父親，如何應覺神，神的進入，那是怎樣的感覺，像特務行動，是祕密，他不曾說，彷彿是一件極為自然的事，如同我們吃飯、睡覺以及排泄，或是坐在馬桶上發呆。

那段天氣極寒的日子，習慣在凌晨時分才走進浴室裡，將水溫調得極熱，在拆掉浴缸的磁磚地上，將自己縮成一具嬰孩，蹲在蓮蓬頭下讓水靜靜地沖刷，要蝕去一些什麼，恍惚看著那水悠悠螺旋地流入排水孔，蓮蓬頭向上如一座噴水池，水花四濺，卻無法許願。想學貓那樣試著蜷縮進大臉盆裡，讓自己感覺溫暖，卻露了大半出來，在白霧之間癡呆望著身體，像小說裡白玫瑰坐在馬桶上望著自己的肚臍。

坐著的時候，將肚子上疊起皺褶的脂肪捏起又放，放了又捏，一開始只是無意識地重複動作把玩肚皮，後來我想起很多事。幼時晨起被喚至浴室刷牙洗臉，許多的時間，我其實都在浴室裡計算眠夢，最舒適的位置是浴室門邊，坐在浴室藍白色的馬賽克磁磚上，手肘放在門檻，頭輕輕地靠著門，浴缸上方的小窗戶，有陽光筆直奔跑進來，投射在臉上，小小的浴室像一具輕柔的泳圈，承載著我在一片蔚藍而無人，安安靜靜的泳池裡，如同獨自在大海漂流那樣靜謐，自在地聽著水聲在眠裡悠遊，穩穩陷入那樣的漩渦裡，可能溺了也不自知。有些更睏的時候，習慣性脫下睡褲與內褲後，坐上馬桶向後靠著水箱，或微微側身靠著牆壁，進入眠夢，意識迷濛間有細細的水聲流進耳裡，也有風從通往陽台的木門下方扇葉狀的透氣版碰觸到我沒有穿褲子涼晃晃的身體，好像有什麼鑽進入身體裡面，不是很確定。是不是有另一個我，正在刷牙？每一次敲門聲打破了夢，我都以為自己已經完成了盥洗程序，直到大人手指抹過我的眼睛，那黃色結晶的眼屎，理直地黏在他人指尖上，才發現真實的樣貌。

有時候我並不知道自己在哪裡，或者有沒有另一個我。國中時有一次我和同學在公共電話亭巧遇三年級的學姊，我是認識她的，忘記什麼緣故認識，掛上話筒她和我們聊起來，那時我視線高度恰好落在她鼓起的胸前，發現她白色襯衫透出淡黃色的內衣，胸前繡學號的那兩行字體，顏色好像和大多人的有很微小的差異，我一直想看出什麼來，好奇眼睛還是繡線的顏色出了問題，於是手指自己往她胸前如點水般，很輕很輕地點了一下，那瞬間時間彷彿停止，我們好像沒有在呼吸，只有秒針仍維持步調走了一圈。然後她嚇到了，我也是，如一場夢境墜落後的清醒，她罵變態、噁心的聲音迴繞在整個校園裡，碰撞牆壁後又折回我耳旁，像天使的光圈那樣，形成一個圈罩在頭頂上。而後我們不曾再接近過彼此，回教室的路上同學用奇怪又驚慌的口吻頻頻追問我為什麼要那麼做，我說：「我真的不知道。」我真的做了嗎？

毫無記憶，甚至身體也沒有，對於手指頭碰觸到胸部的觸感，一點也想不起。那是我嗎？在眠夢裡遊走，會打開冰箱大把抓起食物往嘴裡塞，或打開門走到夜晚的街上亂晃，而醒後卻完全丟失了記憶。沒有察覺的時空中我確確實實靈魂漂浮了，或者它自我身體隱匿而後飛去。在眼鏡行對老闆說自己近視只有一百度，卻在拆封後戴著少了兩百度多的隱形眼鏡，任由機車載我在巷弄裡奔馳，世界上了一層膜，而我在其中，像舊時綜藝節目那樣用猙獰的臉要穿破，又被膜彈回，我看見馬路起了波浪狀，公園裡的樹連樹幹都在晃蕩，車子的輪胎都沒有著地，眼前風景都像調色盤那樣模糊地混在一起，那時我剛從中醫診所領了藥包出來，好似開門進入另一個時空，但那是現實的漂浮扭曲變化。在恢復意識的時候，想不起來自己為什麼會那樣回答，或許那剎那光與光之間交疊的夢遊裡，我的靈魂它暫時性消失。

後來我不斷追溯家族史裡關於夢遊，猜想這是種隱性承襲且難以擺脫的病症，像一種藤蔓在身體內部擴張，蔓延並包圍所有皮膚下看不見的器官，在必要的時候發作，不痛不癢，但結痂的傷口會告訴你，那些裂痕，有血。

父親被神明附身起乩時，發作起來會生氣，激烈與鬧哄一再重複與交疊，有時一把香往頭上扎，那鮮紅就流洩，所有人還要去按捺神明的脾性，深怕惹跑了神。

我羨慕父親他有正當理由花很多時間離開現實漂蕩虛幻裡，而沒有人會責怪他。父親澡後，在白色三花牌內衣褲外面套上整齊的外出服，並且刷過牙，像一種隆重的儀式，在客廳裡的長椅正中就定位，他必須進入另一個身分。偶會放鬆打幾個呵欠或聊上幾句話，便坐定莊嚴之姿，在煙霧縹緲中，有東西進入他的身體，他成了另一個自己——神。神在時，父親不在，所有人都知曉軀體裡的是神，問神的人獻上祈求，並聽令於神，神發怒的時候，眾人都懼怕神走而安撫，但此時誰會問父親的靈魂被藏到哪裡去，是否在沒有軀體時，無形飄蕩於空氣中。

神離開祂的軀體而進入父親，父親的身體的腔室如一個容器，必要時靈魂讓位於神，空出位置好以將神安座，靈魂與神在洞裡來來去去。如冰箱裡那些保鮮盒們，身體裡面裝過一批又一批食物，然後在進與出的穿插間逐漸因侵蝕漸崩毀。

我從未見過神的模樣，取代父親靈魂的神，如一種摸不透、指尖觸碰不到而無感的抽象存在，甚至無法精準確判祂的存在。

放空的時間裡，我時常想著，是父親使神行使神救世之責，抑或神使父親能當神，在某些時刻能臨高居上。問神的時候，大多我都保留了我的真心話，我猜想或許祂還是有一絲父親，那是不能被窺探的祕密。有神，因而父親的人面網狀漸張舉，問神的人不斷為祂燃起手中的一支又一支沒間斷的香煙，小香爐中的木屑煙霧也裊裊，不斷竄進父親那具載體裡，這些過多供奉的煙是神吸納還是父親，問神的人會知道嗎？

父親活得並不像神，沒有太高的身體能位在高空觀看，不抽離，無法避免過多的災異，缺乏預知自命的能力。那些命理簿上算著的生辰好壞，總不是他的。在意過多灼熱的眼光和言語，如我心裡那些微渺的恐懼，總是恐臆著是不是在說我，懼於被鄙視厭惡，總是選擇用無所謂來蓋過波動的心跳。那些問神的人，神來的日子必定到場，神不來的日子總讓我們家回歸自然而寧靜的日常，僅僅留下過多的評論當作紙屑，好似秋葉不斷不斷地墜落，沒有神的日子，誰說過話了？每一回，在打過招呼後，我都刻意將這些人臉的辨識，從腦中刨去，我想著自己和他們之間幾步的遙遠距離，可能僅此一次的擦肩而永恆的過。若父親只是父親，他的軀體再也不能出借給神的那一天，是否那些留下供品的主人、電話那頭的聲線，都會溶解成泡沫般的幻影，消失於最後一絲爐煙揮散時。

小的時候，聽過一則傳說，在農曆七月間，在太陽下山前要將竹竿上的衣服收進，否則鬼魅幽魂便會附於衣服上。那些東西沒有形體，不易被發覺，我時常來不及在夕陽隱沒前收衣服，總想著當我穿上夜涼的衣服時，幽魂們是像纖維那般進了衣服裡，藏匿於衣服上呢？還是在衣服套入身體後，與我的靈魂重疊，或者取代。曾有過那樣的念頭，若靈魂被侵蝕了，而成另一個內在非我的人，可能會擁有一些超越的能力，或鬼或神。那麼便能控制命運吧？

無數夜晚裡的一個，幾個混亂的人影現身在監視器小小的螢幕上，家人與陌生人在月光下的影子混雜凌亂，忘記了那是不是我第一次在電話裡撥出三個數字碼認真地表達，而不是孩童的惡作劇，慌亂的手還在抖，電話那頭疑似問過我為什麼撥過來、發生了什麼事，回答了什麼已不復記憶。試圖像裝底片那樣，自前端拉出些許片段，母親坐在黑幕的客廳裡，告誡著不要打燈，她抽噎著近乎昏厥，頭上被套進一個大塑膠袋，說是讓她換氣。父親的厚外套多了裂痕，棉絮從那些邪惡笑臉般的缺口吐了出來。父親成為一具傷體，而神沒辦法進入他。

第七天的夜晚，我睡在靠窗的那個房間，抽取幾則睡在那張父母親曾睡過的床的記憶片段，忽然想起一回我的靈魂抽離。先是做了個夢，內容是什麼在醒後早已空白，而後從額頭開始大量的汗珠猛發，我感覺到自己像被釘牢或綑綁在那張父母的雙人床，四肢僵直無法動彈，慌張地想大聲呼喊，張大了嘴但喉嚨裡發不了一點聲音，恐懼不斷隨心跳增長，環顧整個房間小夜燈的黃光還亮著，桌上關著的老電視黑色螢幕沒有投影出我以為的鬼影，然後我便看見床上閉著眼睛的自己，安安靜靜如深眠那樣躺著，而我站在床邊的電視螢幕前。

好幾次發高燒在昏沉中，靈魂恍惚，好像一眨眼就會消失；偶爾吃助眠藥時，藥效發作，有什麼好像從後腦鑽進，意識逐漸渙散，在進入睡眠的最後一刻，我常想到底是我要遺失了自己，還是什麼侵入了我，而原來的我呢？

那些冬夜裡，我總是在等待天亮，在夜裡追逐著一些也許不會實現的願望，受了傷但卻假裝沒有，吃著中藥，可是身體在逐漸失去痛覺，我沒有哭，但是為什麼心裡還是不斷浮現那些聲音說：「妳知道我為什麼討厭妳吧？」一句一句都入侵進了身體，體重並沒有改變，但是卻在逐漸消瘦，大概是靈魂一點一滴都流掉了。

也許我們都可以沒有了自己，我這麼想著。

我學父親先進浴室洗了一個很熱的澡，換上很乾淨的衣服，然後在神明廳裡先在淨香爐裡放燃燒的一小木條，覆蓋上木屑，任由煙霧包圍整個空間，再燃起五枝香，我學著父親的眼神及口吻，貌似虔誠的向神訴說，再依序將香插上香爐，中爐三柱，其餘各一，小心翼翼將香插直。我跪在神前，心裡默念著，我們約好了，我可以的。我期盼神會來，並且願意交出自己空蕩的內核，歡迎進駐。將我帶向一個碰觸不到而崇高的境界。

那段時間裡，我時常做那些關於死亡的夢，如同電影裡走在海邊的送葬隊伍的後頭，夢裡有死亡的人，棺木搖搖晃晃被抬著，冥紙自頭上灑落，活著的人沿路哭著，哭著走著。有好幾年，我仍不時會夢見死，也閉氣幻想著躺在棺木裡與冥紙、陪葬物，共同封存於無光、無空氣的空間裡，那樣就是死吧。醒來之後常恐懼，也有幾次，真的有人那樣走了。我害怕自己，成為某種感應體質，帶來黑暗，像一個懼高症的人站在高樓尖端行走，隨時會墜落。

想相信神，想安撫起伏的心，但我始終沒有真正靠近過神，每當要從神龕上將神請下時，因為是陰性女體，從沒有擔任過捧神的旗手。記得那些鄉土劇裡，每一集神蹟顯世之時，劇情通常在主角們拜神後，神在一旁觀看、施法，或在人無意識突然入侵，而主角清醒後記憶也不復存在，看似不在的時間裡，神改變了什麼。我想那樣地相信，神會來，會來吧。會改變什麼的。

彷彿被噴了乾冰，當火不斷燃燒著成灰，白霧充斥整個神明廳，學父親一上一下舉起手，閉上眼，從齒間吐出氣，有什麼自身後慢慢靠近，無法確定身體能否容納，但隨後我告別了自己。如同那些突然被附身的人，哭了起來，高昂時用點燃的香刺上身體，搖晃身體念起那些文雅的台語，我下了樓，漂浮於空間裡，手指過一些地方，暫停了時空，沒有仙女棒，但是施了一些連自己也不知道的魔法，懲處做壞事的人，讓他們在不知不覺中受了刑罰，他們會驚嚇而慌亂，像我家人那種神情，也許會求饒。再用紅墨水寫了幾道符而後燃燒，讓灰燼飄散在空氣裡。我還看見了另一個父親，於是伸出手拉了他。抽出的底片曝光之後，重新裝入。這一集的結局會是好的，片尾要記得加上介紹神顯蹟的故事，可是少了能現身說法的人。

回歸平靜的時候，像時光機的隧道，穿過很長的一段路，發現了盡頭有光，走出去之後，是一片明亮而湛藍的海洋，海是一片寧靜，海水透明的藍折射了光，很刺眼。神明廳裡神的容貌依舊，煙霧已散去，而我還是我自己。

客廳裡清晨的微光透了一點進來，母親頭靠著長椅的一端睡著，房間裡父親蜷曲著身體，混著紗布裡藥物的味道，發出孱弱的氣息。我走進浴室裡，脫衣服時還有香灰殘留的味道，一點一點的黑色餘灰黏在頭髮上。坐在馬桶上打瞌睡時，陽光窗戶照進來很亮，想不起昨夜是否有夢，淺淺的眠裡，沒有夢，沒有人來叫醒我，沒有感覺有東西從門縫裡進來。

而神呢？父親呢？

沒有見過神，不知道祂是否在那神像軀殼裡，還是如父親所說雲遊四海，而作為神之乩身也只是替代，父親把身體借給神，在某些時間裡自身主權喪失，成為一具載體。他是父親還是神，是真的還是假的，這是一個空白題。

他擁有陽性體魄，能夠在神需要的時候被使用，應該也算神的一部分，但為什麼某些不可測、無法放入掌中的神祕感，同身體不斷地在急速下降與垂墜。是不是神要離開了，所以人會逐漸成為被棄置，並逐漸腐朽為空殼載體，還是合理的解釋這是成為神的挑戰過程，叫做劫數。

若帶著父親去看病，心理醫生或許會告訴我們，這是一種夢遊病症，是假、是虛幻，會說很多精神症狀名詞。在病歷表上填上緊密的英文字，搭配一些藥物，但不能連同化掉的符混合陰陽水一起喝下，然後我們都不再擁有另一個自己或別人在身體裡，夢遊痊癒。

（榮獲二〇一五年打狗鳳邑文學獎散文類首獎）

借問眾神明

在很小的時候，甚至無法確定記憶的年幼，父親就已經成為神的執行者，形而上看不見的神，附在形而下的父親軀體上，父親幾乎每週末會有短暫幾個小時成了神。客廳瀰散燃燒淨香後的白色煙霧，人們圍繞著父親。

記憶中的問神週末，很熱鬧也夠單純，大概都是一些固定班底，加上偶有新人加入，大致上是彼此熟悉。

那時我吃了許多帶點油卻充滿炭香鹹膩的烤肉，是賣烤肉的阿伯收攤後帶來的，也吃了大量的水煮玉米，那是烤玉米攤的叔叔提供，當然還有賣飲料的，或那些婆婆媽媽帶來一些好吃的小點。一邊吃著，一邊用極微小的電視音量看著《我猜我猜我猜猜猜》，在那些問神空檔小小地笑出聲，這就像週六固定上場的歡樂聚會。

貪饞又吃不胖的年少，我就在那些煙霧包圍中，吃過一枝又一枝的我愛的烤雞翅、烤玉米，在我長成需要克制食慾，避免缺乏運動而成為肥短身材的年歲時，這些單純而良善的問神夥伴，都一一脫隊，離開父親與客廳，去到了也許是真正神所在的地方。

神在嗎？

關於這個問題，我始終處於無法得出正確答案的疑惑。當然希望神存在，但許多我以為神該在的時候，神似乎都不在。

第一次思考關於這個問題，是在我的博士班入學考試，那些擔任面試主考官的學者問我：「那妳覺得妳父親是真的嗎？」當年的回答大概讓學者們不是很滿意，我記得他們質疑地說：「可是那是妳父親！」那無法在答案中確定的並不是父親，而是該如何才能證明神存在著，舉出神進入父親的證據。那次考試屬於我的號碼在一串備取中，而剛剛好就錄取到前一位，我活生生落榜了。

漫長的這些年，缺出來的位置總有人遞補上，為應付人群，問神處從客廳往外遷到從前工廠留下半戶外空間。卻有陌生人進客廳，闖入私密生活空間，恣意又熟練地打開冷氣，舒服地打鼾，放任孩子玩著別人家孩子的玩具，整場跑，不熟的人大概會誤以為他們才是這個家的主人，還會指引剛來的人廁所方向。全家的週末，就在我家客廳自在地度過，還一起吃了我母親煮的晚餐。當客人不用洗碗，於是問完神領好符，到樓上佛廳神像前過了香爐，開開心心地結束週末假期。

陌生人又帶來更多陌生人群，越來越多的陌生面孔出沒在家裡，他們甚至沒有發現我是住在這的主人，還笑意堆滿臉看起來有意無意，帶點試探性地問：「妳從哪來，誰介紹的，妳想要問什麼啊？」那笑的意思好像在說「別不好意思，我們都一樣」——我們都是同類。

差點忘了，現在還發起了號碼牌，才能避免那後到或先來的慣性爭執，連我們自家人，若想問神，都要乖乖排隊，即使那是我的父親，他們依然笑著塞一張號碼牌給我。不知為何，那些我曾擁有的小美好，在成長離家後，都跟著歲月長成某一種我討厭的樣子。

父親是個有潔癖的人，但因為替神服務是好事，於是敞開大門，接納許多人。在人與人之間那種抽象感覺的維繫中，大概很能完全清潔無菌，那個潔癖也成了無用，總覺得家裡越來越不潔淨，彷彿有鬼魅存在。住在這個屋子裡的人，我們像美劇裡對抗著陰影般四處入侵而來的魔。父親奉神之名，為一切所善，他與那些問神隊伍不同，他沒有貪圖什麼，只不過像神的子民一般、如同一個孩子，遵守著他的責任，只不過他單純的心抵擋不了惡的侵蝕。

不太清楚作為神職的人員的凡人，是否能比較受到神的眷顧，牧師、神父、修女或乩童，會因為替人服務而擁有額外的餽贈嗎？他們善良地幫助人，是出自於對神的信仰，還是神給的救世使命或自身的善良？還是因為他們的生活夠好了，才有餘力幫助別人，就像有錢才會善良一樣。這些疑問，在我成長後更顯得疑惑。

我總想世人會如此臆測：神會更加保佑主人家。所以隨處可見明明民宅卻掛起宮廟招牌的衝突風景。但真實是我們並不幸運，某些時候甚至我會覺得我們常常是倒楣的一家子，好像被神給遺忘，連中統一發票的機會都微乎其微，遇見各種失落挫敗卻是日常。回顧近一兩年，手足之間經常在下班之後，透過群組或電話，不斷地討論該如何解決家中如湧泉不斷冒出的糾紛，解決了一個又出現另一種。我總是猜想，這世界的人，求神隊伍中領著號碼牌的一些人，是否真把父親誤以為神了，甚至偶爾也把母親列入誤以為的名單裡。

每個拜神的人，都不是無所求的信仰，為求神而所付出的，都是為了換得神的實現願望。偶爾會在新聞中發現那些宗教狂熱者，或加入奇怪團體的人，他們內心或許都有一些缺口，需要透過外來的力量去填補。我曾天真地以為，那些會排入求神隊伍中的人，他們也都擁有一顆脆弱的心。時間久了，總會發現那之中的人，其實比誰都還堅強，求神像一種貪婪，追求更好。也可能是想透過求神的朋友網絡中，形塑出自我的價值，那才是求神背後真實的他們。

就好比政治上的輪替，家中時常來走動的人，也輪過幾批。問神、拜神的日子總會來獻上祭品，然後以一種好朋友的姿態，從白天聊到日落，無數次的一起共餐，父母親總是好客，餐桌上不得簡單馬虎，捨不得怠慢別人。

但我總隱約覺得不舒服，A夫婦的太太問神時，問了：「我女兒交了一個男友，可是我總覺得不好，那他到底好不好？」而神回她：「這是人為的，妳自己就不喜歡，怎麼還來問。」神的直言，有時會令人感到爽快，那一次神沒有告訴她答案，沒有開任何一張符。

A夫婦的太太總是會問我的工作收入，在研究所裡教授會給多少助理費，或其他什麼參與計畫的薪資，並自顧自地說起自己兒子每個月領多少研究費，多麼受到教授的青睞，接著拿出女兒旅行回來送的禮物，在母親面前閃著笑著。如此美好的他們，依然像求神般要求父親幫一些忙，父親因忙碌而婉拒之後，換來他們幾次怒言相向，之後A夫婦消失了一段時間，他們在外散播著非事實的傳言，像是祭神費用分擔不清、我父母親的生意上賣的價格比別人更差……之類。不來問神，遠離神網絡的他們，在外面的世界依然活得很好很自在。用言語形塑出，沒有神卻好像能壯大自己心靈的自己。

而這些如垃圾滿山，需要不斷被燃燒才能清除殆盡的虛構語言，都還是小事，大概是因為太多了，人都是習慣的動物，我們慣於在生氣後放縱這些小惡，導致別人誤以為我們是最善良的一家。

新的求神隊伍裡職業身分混雜，觀察一段時間，便能知曉有人生活不缺但真心信仰，也有人因發覺自我的不足與缺漏，需要天上的神，加上地上的神一併付出神力。各種缺業績時，常常勤跑家中，不見得問神，卻為了說服父親可以買這個買那個，此外，一些人還擁有各種廣大人脈，在父親需要的時候，會提供一冊名單或幾張名片，有時甚至簡化成一組號碼，說認識的、很好的朋友，好說話的。我厭惡這些認識關係，這些關係往往是紛亂的開頭。

誰介紹的沙發師傅，是個賭徒，不僅不按時交件，價格甚至比別人更貴，在溝通過程中長輩姿態高傲，一言不合時，會說要在住家樓下放一把火把訂的沙發燒了，甚至遷怒職業說：「年輕人當老師自以為高尚，結果頭殼壞去。」當然後來他並沒有真正的放火，但是他施放的惡，卻是真實存在的。還有誰朋友的朋友或更遠的什麼親戚關係，承攬的工程，費用高貴得嚇人，可是永遠沒有把該完成的事情做好，缺乏專業度，要求完美的父親，自己付了費用，卻也自己充當那個工程人，做好了他理想中的工程，在生氣與無奈背後，他依然說不計較，或者那些介紹人都認為他不該計較，只因都是「自己人」。

走了A夫婦，來了另一組朋友B，不常問神，但祭神時願意多分擔一份費用，看起來充滿善意。在我們成長離家後，在父親最好的朋友生病而後離世，取代了某個位置在這個家。他們陪伴我的父母親談天、吃飯，偶爾出遊，做任何退休生活所能消磨時光的休閒，在父親需要意見時，不絕地提供各種介紹。父親總是信任他們，偶爾我會懷疑，還是他們才是一家人，或失散多年的遠親。不確定B一家的生活如何，但他們時常來借東西，除了敏感的金錢外，從小家電如果汁機、電磁爐，到放在角落套著大垃圾袋，或許在未來能留給我尚未存在的孩子使用，但目前還用不到的嬰兒床、消毒鍋，但他們家並沒有新生兒。B一家子常常不請自來，主動而釋出善意的建議和協助，總讓父母親覺得感激而虧欠人情，某些時刻總讓我懷疑他們背後有沒有躲著另一雙充滿陰影的手，正在對我的家伸出魔手。

那些出借的東西，當然從未回到家裡。而我害怕的是，那個感情會不會也是借走而不會歸還的。那些往來的人像求神一般，要求父親無私、無條件且必要的付出。A夫婦在身體出狀況後，又要求父親讓他們重回問神隊伍。我的父母親並不是神，又為何要如此大愛？

自小，我們極少問神，大多是在出遊與考試前，讓神加持或庇佑一下，或少數遇見難以解釋的現象時，請神幫忙驅除。大多時間我們在服務這些問神的人，切水果、倒茶水，協助找小袋子裝符，幫忙跑腿到佛廳過香爐。偶爾有煩惱我也曾想問神，但我害怕成為問神隊伍口中被討論的八卦，也覺得時間一直在往前，沒有什麼過不去，生活裡總是會重來的錯誤與苦痛，還不是都過來了，想起來還能笑憶過往。

成長之後，我多次試圖避開眾人的目光，僅僅我和神的對談，我想問祂，為何祂所謂的「關」這麼多。總在略施小惡，甚至老是施放大惡的人，他們沒有更善良，卻總是過得比我們更好。然後又用某一種像寄生的方式，從我的家、我的父母身上，竊取走一些什麼。

那個傍晚，就在曾有神降臨，眾人問神的客廳，成了談判場所，母親正經歷著也許是逐漸老去日子裡的最大失落。母親因為保單的金錢糾紛必須與對方說清楚，或許對方認定了母親的善良，念及了彼此之間僅剩餘的血脈關係，絕對不會走向法律途徑，所以氣勢高張說著各種沒有證據能證實的解釋，對方並沒有道歉，應該說連歉意都沒有，好像這些欺詐是理所當然的，這場談判傷心的只有母親，她說：「我們就到此為止。」那最後的四個字，涵蓋太多情緒蔓延在這個失去神聖性的客廳裡，切斷了情感與愛，彼此往後就是什麼都不是的陌生人了。這些惡者擁有一種既得利益者的高傲與爽感，反正想要的到手了，好像也拿他們沒辦法。為了要合理化自己，對方用哭腔先四處扮演被害者，用著一向擅長的虛假言語，像蒲公英飛散那樣將扭曲的真相散播到更多的遠方。

大多這些日常之惡的戰爭，父親或母親因為不願說得太多，總讓別人在言語上占盡優勢。同時大多數的人，都努力想維持虛偽的和平，沒有人會願意選擇其中一方，母親的談判戰爭，除了自己的丈夫與孩子，沒有任何一個別人站在她這邊，有人對母親說：「對方在妳困難時，也曾經想要幫助妳，那時也真心的。」所以此次彼此應該互不相欠，回頭同時向對方說：「你真傻，跑去談判，她那些女兒個個精明。」可是誰能明白，母親失去的不僅是金錢、信任，更多的是情感的失望。這是恍如失去神性的日常，而神會不會就在上方眼睜睜看著一切發生？我想問神，祂究竟在不在這裡，為何讓我們的日子如此失落？

神曾對我說，當我在寫作上無法書寫時，可以問祂，祂會教我的。不過形而上、無所不在的神，會發現我正在我的書寫中質疑祂嗎？人性隨著我的成長，顯得更為複雜，我再也無法輕易的相信，深怕主動的善意背後，會不會隱藏著目的，人的善良好像一直被消費。他們甚至不會說「謝謝你們的犧牲」、「抱歉這樣傷害你們」，偶爾在路上遇見了，會愛理不理的以高姿態眼光看著你，宣揚勝利。

總覺得家裡越來越不潔淨，屋內屋外都是，偶爾我會聽見不知何來的聲音，或在深夜走進黑暗客廳時，彷彿看見了一些陰影，我將從保生大帝那求來的淨符燃燒後，搭配雙色米，灑在家門口與窗戶邊，想請神來驅除這些不潔，設下結界。多麼希望這些鬼魅像兒時看的林正英扮道士的鬼片，一碰觸這些符和米就會彷彿觸電般受傷，然後再也靠近不了我的家。

每一次神的祭典，父母親依然用心籌辦，用著他們虔誠無比的心，但我總覺得自己再也無法單純的享受這個祭典。看著陌生人來來去去，我不知道下一組留下來的又會是誰，熱鬧陣頭表演後留下一堆菸蒂檳榔渣在角落，垃圾需要分類，他們卻永遠混雜在一起。

過去當然不是這樣的。兒時每逢神明生日，家裡從早忙到晚，小學時母親還一度忘記去接我放學，等不到母親時，我會走好長的路回家，或是偶爾問神隊伍裡有熟悉的身影出現，也可能是與父親母親有著某一部分相似臉龐的人，知道家裡正忙，會在順路接孩子時，來把我接回家。甚至某一年，陌生的家長看我在夏日裡走成關公臉，在我多次拒絕下，仍好意地送我回家，在說過謝謝之後，便走了，那真的只是一種純粹的善意與幫忙。

放學回家後，賀神的露天電影布幕已經搭好，往往騎車時要低頭穿過布幕下進家門，好像在神之前必須虔誠低頭。過去的露天電影是用很大的膠卷掛在大又重的機器上，在人聲背景裡發出緩緩的聲音運轉著，機器前一個孔洞射出筆直的光，在很大的布幕上投射出電影。

賀神祝壽的露天電影，往往開頭都是八仙過海，像平劇那樣，是人穿戴扮演，八仙過海後才是真的要放的電影，記得看過好幾次林小樓演的《桃太郎》。很喜歡搬著板凳背對神明，視線直直盯著大螢幕電影的童年，偶爾要轉移注意力去打蚊子，也有時是一邊吃冰枝或捧著飯碗，也可能是綠豆甜湯。那些時光如同那個在機器的光旁，偶爾會跟我聊起電影的放映師傅正靜靜抽一根菸，視線望著遠方布幕中自己播映的電影，一旁膠卷正緩緩轉動著，畫面那樣安靜而美，如同記憶裡與神有關的童年。

忘記有幾年沒回家參加神明生日，不知道現在一切都簡化了，神明不用回麻豆原生的廟去過爐，露天電影變成ＤＶＤ播放器和投影機，那播放師也就是一個普通的大叔，他不懂電影，八仙過海祝壽片段是布袋戲版，除了成堆的金紙和依然可愛的麵龜，總覺得心裡某個記憶在失落，時間走過後，日子裡好像越來越感受不到神在的美好。

那時沒有誰會因為擲筊杯平手，而和小孩子爭奪麵龜，當然也沒有誰計較著為神付出的多寡，在祭神結束後，大家仍可以在收拾過後，將神請上佛廳去，大家坐下來一起吃一碗滷麵，說今晚神預言了年運不好，會有天災，大家務必小心，然後當年的人留下一些祭品說「我們吃不了那麼多，留給你們吃，拜過神的吃了保平安」，也會聊聊今晚的電影選片選得真好。結束後，大家都回歸日常，沒有誰留在客廳裡，也沒有混雜的垃圾堆。

每回進行著早晚奉茶給神的儀式時，我總以「各位眾神明」作為開頭，依序唸過每個神明之名，不像大多數人一樣，祈求百萬大富貴，或是成為什麼上流職位，只要家裡的日子可以安定就好，同時埋怨神為何總是降臨苦難，請神驅一驅鬼魅，有形的無形的都要。希望好人就有好保庇，一切順順勢勢。

父親不曾親睹神，卻張開自己的軀體讓眾人目睹神在，在感受不到神，孤獨地生存著時，父親始終信仰「好人就有好保庇」，而我在問神後人潮散去的夜晚，燃起一張又一張的淨符，驅盡心中的雜念，照亮所有暗處。

（原載二〇二一年一月十一—十二日《自由時報》副刊）

六親不依

有很長一段時間，我想活成一個孤寂的人，不依人，也拒絕被人依靠。

雙親健在，名下無債，沒有巨大家庭失和，未曾逃家，沒自殘傷痕，外人都說我是幸福的，「幸福」成為某種特殊標籤。後來我對幸福的定義漸漸模糊，那「幸福」聽來像一種諷刺，好像在說：「你怎麼可以沒有不幸？」或許是從那時起，我厭惡被說「幸福」，只因「不幸」清單中，沒有符合的項目。為何非不幸的反向，必是全然「幸福」？

我討厭幸福。

因為真正的幸福，在成長後並不真正存在。外人眼裡我的幸福家庭，幸福這兩個字彷彿只剩下文字框架，更內在的地方其實早已被剝削而蝕壞。

在某個春季，母親難產誕下以為是兒子，卻是女兒的我，最初父親忙於工作沒有在第一時間到醫院探視我，也許他還在抉擇，是否該保留我，出院後，我暫時被祖父抱回父親老家待著，畢竟那些年在鄉下源於各種原因送養孩子的狀況非罕見。

後來的後來，我被留下了。父親記不得當年是哪個神明出來，上了他的身說了一串沒人懂的河洛話，而後換成了說著流利台語的城隍爺，告訴這些凡人，這個小女嬰會帶財，要帶回家來，並安排認神明為契父。

果然父親的運勢像被神特別眷顧，賺了一筆近百萬大錢，三十幾年前是很大的錢，我們搬離當時簡陋的舊小廠房，遷往廠房與住家合一大空間的鐵工廠。母親總說，那幾年做什麼都賺，戶頭常是幾十萬在入帳，生活突然好過了起來，同時開展了父親的神之路，以及當年沒人預測到的深淵。

不只是光景，家裡也熱鬧起來，客廳裡總是有熟人、半熟關係的人來往輪替著。多的是與家族長相輪廓有幾分相似的人們，有比父親年歲稍長的，間或略小的，不分男女，從他們開始，有成串的人們踏入我的家裡，對父親伸出一雙又一雙的手，恍若求神。來的人上樓到神明廳去燃香雙手合十是求神，而下樓面對父親攤開雙掌則成為賒討。

兒時每年神明生日，鐵工廠外架起大型布幕，準備夜晚上演八仙過海開頭，正片是李小樓版的桃太郎電影，自家的小金爐裡正消化著大量金紙。那些年家裡真實上演的劇碼是，總有個父親口裡的「半男樣仔」的姑婆，那是曾祖父再娶之妻所生，疑似多年精神有狀況，她往往包下計程車遠程而來，為向父親伸手要錢，小黃司機都知道要門外等她，成疊的藍鈔票到手，再原途離去，如此反覆不膩。

有一年，父親拒絕給予更多，答應替付上車錢，讓她回家，她卻拉上一只高凳子坐在門外吹風，路過的人替她抱不平的說：「你們一家心真狠，怎麼讓老人家在外面，你們是不是棄養老人？」嚷著說要報警，父親是易緊張型的人，往往急著替自己辯解，或斥喝這是自家私事，外人不懂。反而更讓陌生人誤以為，我們才是施加傷害的人。

父親總自認能照顧他人，或許是天生的濫情，他總有太多不捨，不捨親友苦，面對他人眼淚或下跪，往往無法狠心拒絕。

我和姊姊們都曾有過幻想，在我脫離童稚年紀，最快或許是進入青春之年時，一家將會遷往市區的五層樓透天厝，每個人擁有自己的房間。當年新市政府還沒蓋，父親便在周邊投資了房產，幾年後成黃金地段。房子長年免費借給生活慘澹的親友住，直至我長成以為能搬家的階段，那個房子從此就不屬於我們了，美夢淪為只是夢。

開啟父親了替手足還債的漫長人生，先以房產當作抵押，借住的親友並不願意買下，甚至責備父親為何要用透天厝去抵押，使得他們被迫面臨無屋可居之窘境，透天厝的命運終究被法拍，再也不是他們的，我們的，是陌生人的。

父親很生氣，無奈親友不願配合，卻也無能為力改變，最後他成為被恨的對象，沒有誰對他表以感激。失去白花花的聯繫以後，血緣也起不了關聯，父親被當作陌生人了。

人這一輩子都在追求更多的擁有，為此用盡氣力與手段，只要自己過得好了，似乎傷了他人的總會過的，會忘的。

來家裡或哭或求借錢，以及父親替他還債的熟悉面孔，都是我曾羨慕的對象。那個誰，一家公務員，享有各種生活優惠，擁有我們家再也沒有的房產，卻為了領到定存優惠利息，固定來按門鈴，讓父親從保險箱深處，再次掏出藍色紙張，終於在一次被拒後，我們一家成了他們責罵對象，記得他們在網路上不指名地打上：「人情冷暖」或「親戚本來就該互相」之類的句子。

母親也總會在菜市場裡那燠熱的肉、菜與各種食物交融的雜沓氣息裡，感受到了異樣眼光。熟悉的朋友，會對母親說，哪家人其實欠了賭債，遠離家鄉到其他城市躲匿去了，還指控是父親不借錢害的。我也曾在父親老家外的便利商店，聽見陌生人聊到父系家族，說父親對自己手足，總見死不救。父親知道後，也僅淡然地說：「唉，外面的人，對阮的代誌無可能明瞭。」並吐出一口煙圈。

父親的中年後半到晚年，落入無數深淵，爬起來又墜落。

當神來到他身旁，借用他身體時，他最初仍不信神。對神始終有存疑，城隍爺附上父親身時，我問過祂為何選擇父親，祂說父親是有正氣，無貪念，也沒害人之心的正派之人，才會選擇他。附在父親身上的神，是個年輕便溺死的水鬼城隍，幾百年來靠著拉救無數人上岸不溺，而成神道，再繼續千年的修行。城隍爺說：「我只是一个指甲大的神。」但祂卻在拯救無數世人，父親也一樣只是個渺小而平凡的人，卻貪心想跟神一般救人。

每個來向城隍爺問完事的人都充滿感激，人們不忘致謝，而祂總說：「這是我該做的，我欲救更多的人。」父親不是神，無論神在與不在，依然背負著救人責任，卻總是被遺忘。

後來我漸漸明白，那些人是否都想著我們過得更好，應當被他們憑依，我們可能擁有更多，有什麼理由不幫呢？

我曾問城隍爺，為何父親這一輩子活得如此狼狽。從父親決定為手足還債開始，曾幻想過的未來，都被迫清空，金錢怪物開始追趕。祂說父親的命格，就是「六親不依」，像宇宙裡不合群而寂寞的星，他無法依賴他人，血緣不可靠且薄弱，城隍爺早就提醒父親萬不可以與人有金錢往來，誰都一樣。

父親卻不聽勸，總說：「沒法度，看伊按呢，萬不得已啊……」他曾在被神警告絕對會失敗後，仍與友人合資將廢五金事業遷往泰國，小學那幾年我也會唸幾句「薩瓦蒂卡」，第一次嗅見熏臭的榴槤，便是那時父親從泰國帶回來，在鐵工廠以前囤貨，而後當作車庫的空間，切下偌大的榴槤，那詭譎味道，溢占在整個家庭空間，像被卡通裡那種噁心的黃綠色包覆著，久久不散，如同霉斑根深蔓延。

泰國投資果如神的預言失敗了，合資的紛亂占少部分，其中一個遠親的丈夫，趁父親因家人生病返台時，盜賣工廠機器，又背著妻子外遇。後來的毀敗，讓父親不免又遭恨。

我的出生為父親帶來財富，卻像厄運一般，那些自血脈、自各種關係中，從黑暗中伸出手，一雙又一雙的緊攫住父親不放。或許神沒對父親說的是，這個小女兒帶來的財，或許不是幸福，而是造成他不幸的開始。

在無止盡的金錢纏繞遊戲中，父親從來沒有贏過任何一場。近年他因為被人侵占，而站上法庭上激烈為自己辯論時，加害者佯裝無知的可憐模樣，請來的律師，卻無力替他辯駁，父親掏出更多藍色鈔票，換過三個親友介紹的律師，花上比判決賠償金額更多的費用，才得到賠償少於損失相當多的勝訴。

大學畢業準備攻讀碩士時，所遇見的人都極害怕被我依賴，他們總說么女，是不懂事的代名詞，享受著前人留下的種種好，依賴著別人伸出大把的雙手來長成。他們說：「我們要訓練妳獨立，不要以為別人都會對妳好，讓妳依賴。」在我尚未想依靠誰以前，那時我便決定要活得六親不依，比父親更決絕的不依。始終記得姊姊對我說：「別以為別人都會養妳，避免妳會有被養的壞習慣，有領零用錢，生活費就該自己付。」五五分帳是基本，除不盡時，我願意承擔多的一元，避免家庭糾紛。

在二十歲中段，我仍熬著碩士學位，父母親往常會在我桌上的電腦下，壓著五張藍色鈔票，後來我漸感到尷尬，要他們不用給了。父親如今也甚常問我：「身軀擱有錢無？」開車出門便掏出一張藍色鈔票讓我加油，有剩的像兒時跑腿一樣歸我。後期因害怕被養，找了兼職工作，開始繳清自己的一切費用，學費也不讓他們付，恐自己也成為父親的負擔，告訴自己：「我從此誰也不依，但別人也別想依我。」我為自己負責，不靠誰活著，但也拒絕被免費需要，誰也不養誰。

深淵的日子裡，我從未理解過父親的犧牲。或許他想追求的不過「家和」兩個字，卻可能僅是他單向的情感。記得城隍爺說：「恁爸爸對個有親，但是這就要看別人對伊有親無？」父親的手足中，有個在我尚未出生便離世的三叔，他與父親感情最好，也長得與父親最為相似，年輕時兩人曾一起和諧打拚，他或許才是父親真正的手足。

當年三叔離世時有許多異象，問神說三叔是天上星相轉世，在人間的時限已到，家人應當放他走別傷心。而三叔去世前曾說，他的死亡犧牲是為了成全整個家更好，去世後，父親與他的兄弟們確實都賺了大錢，在老家風雲一時。在這些年漫長的黑暗中，父親是否想著，若是他一人的犧牲，也能成全別人好，就是全家幸福，因而恣意地不管神明勸告。

父親在每年媽祖生前夕，固定帶家中神明回麻豆原生廟過爐，那些午後他會帶我去鄰近的代天府，走龍身狀綿延的十八層地獄，地獄的入口就是龍口，上有厲鬼，裡面是黑暗與血腥，第十六層地獄：「賭博，詐欺及販賣偽品者，應受『切腹』之刑」，那假人肚裂腸流內臟俱破；第十七層：「專門製造謠言搬弄是非，教唆殺人者，應受『拔舌穿腮』之刑」，被拔舌的假人凸出眼珠，流露驚恐，傷害父親的人，會下地獄嗎？或許父親也不捨他們墮地獄。

黑暗之後，一路走到戶外是天堂，正揭示二十四孝，成年後我才懂，那「孝」是付出與犧牲，怎麼會是天堂。不管地獄有幾層，我們以為走到終點會光明，而現實卻沒有終點。

想起電影裡的一句台詞：「現實才是地獄，你以為這裡是天堂嗎？我來到地獄應該是有原因的，受完處罰應該就可以走了。」那個主角和父親都沒錯，卻在受罰，壓抑自己並承擔他人。我猜想父親大概是城隍爺還是水鬼時，極力挽救想拉上岸的溺者，卻又自願落水，成為自溺者，被其他溺水者緊抓不放，水底下的人或鬼，無不想踩著他上岸。

多年的金錢遊戲，親友們的不滿，讓大家呈現近乎失聯的狀況。那水面似乎平靜下來，父親將要七十歲，日子稍微安靜了，他終於成為一個寂寞的人，無親可依，也無親來依，歲月真正靜好，要幸福了。

善男信女

每逢週六，家中上演問神客廳會的記憶，大約可以回溯到從小學時期開始，很長的時間裡，我並不知道父親何以在那些夜晚成為神，被眾善男信女圍繞，但我曾經那般喜歡客廳會。

灣裡夜市是週六最精彩，在晚上問神剛開始時或中斷時，我們手足間必會先去夜市買些點心，去買烤玉米時，老闆是父親摯友阿林叔擺攤的朋友，總會送幾枝水煮玉米，刷過鹽水的滋味特別好。回家後，我們圍在辦事長桌前一方小藤桌，彷彿背後那些人與神的問答及淨香的繚繞是另一個時空。

父親那些來問神的朋友，幾乎都是熟識的，沒什麼陌生人，往來久了還比真的親戚更親。陳阿伯，常常是晚來的，收攤後帶著賣剩的好幾串雞翅、雞腿、雞屁股……，為我們的方桌點心會加菜，眼前盯著電視機裡週六的娛樂節目，用微弱的聲量收看，所以必須坐得近點，電視機裡主持人小小的笑聲與我們聲音交融，一個不小心大笑的話，母親會從背後拍肩說：「卡細聲咧！」我咬下一口雞屁股，那是陳阿伯特地留下來的一支，配阿林叔家的小玩童茶飲，三百西西最小杯那種剛好，那時沒有微糖、半糖，年紀小只有全糖。

陳阿伯比父親年長些，記憶裡他頭髮早白削瘦而高，與他賣的那些香脆油膩的烤雞翅成反比。他的憂愁來自兒子，一直沒有從事正當的工作，後來娶有錢老婆住太太家，過著類似入贅的生活。有次陳阿伯帶著可愛的孫子來給神看，神用毛筆沾紅墨水在嬰孩頭上畫符，然後往下點口舌，還有舌根，因為孩子已經兩歲不會說話，能發出的聲音也很少，陳阿伯慌恐著會不會啞巴。神明說要帶孩子觸摸物品，一面自然地引導他發出聲音，那年我剛看完《海倫．凱勒》，蘇利文老師也是這樣教海倫．凱勒，帶她去碰水，觸摸老師嘴型，嘗試發出聲音，我偽裝成東方台南之小蘇利文，抱著陳阿伯孫子到飲水機邊，壓下能就口喝的地方，讓他看水噴灑出來，孩子很興奮，我一直對他說：「水水……是ㄕㄨㄟˇ哦……」聽說之後他們帶了孩子到神明推薦的成大醫院看診，進行了剪舌根的手術，孩子漸能發出微弱聲音。幾年後我再也沒見過那個孩子，不知道他是否跟海倫．凱勒一樣，變成更好的人。

而那個時常蹙眉擔憂兒孫的陳阿伯，則是在我不記得的某年，去了更好、更遠的，不用來問，就能遇見神的他方。

如今，每當我吃燒烤時，就會想起陳阿伯招牌烤雞翅，那是我吃過最剛好的雞翅，甜鹹剛好，皮脆不軟爛，火候控制得宜的微焦炭香，只可惜那也成了神之味了，要直到我老去，若有緣在天上相遇，希望陳阿伯再燃起炭火，為我烤一支家味。

陳阿伯離開之後，善男信女隊伍，在我漫長成長的時間裡，漸老去，而後脫隊，沒有人會說他們受到神的接引，只覺得他們去了更好的彼方，沒苦痛。還在的人，便會陪離開的人走一程人生最後的路。一段時間過去，日常又恢復以往，如新也如舊，看似平凡和相似，卻隱約知道少了誰。

我的初次也是唯一的靈異經驗，也是看見了善男信女隊伍裡脫隊的其中一個。那是夏季的返校日，早起去學校打掃後，捧著餓到微疼的肚子，壓低身體用力踩著腳踏車回家，路上還遇見上菜市場的母親，在對向車道喊我騎車要挺直腰。回家後，以半蹲姿鑽進半開的鐵捲門，進入客廳後，發現裡面的四盞長日光燈管，母親只留了一盞，加上另一邊的鐵門好似仍守著深夜般下垂，客廳僅有一絲微光，大多的角落處於黑暗之中。在餓與疲困之間，我看見角落的單人座，有個人坐在那，還以為是自己看錯或幻影，再近看清楚一些，那裡坐著一個穿著花旗袍的女人，那姿態有些熟悉，我揣想著家中的神仍安坐在神明廳，從未有鬼能隨意進出。我慌恐著是神明不在，我才能看見平時不會看見的什麼，嚇得往樓梯奔逃而上，再下樓時，單人座真實的空著。

後來和父親聊過，除了祖先過往的熟人外，任何孤零的鬼魂或靈魄皆踏不進我們家門，每道門外有符，神明廳的神正襟在其位，於是我們才發現那幾天是文仔阿伯的太太，我們慣稱文仔阿姆的忌日，又逢每個月固定的賞兵日，應是文仔阿姆剛離世不久，想念大家，趁著賞兵日回來看看。過往她也總在賞兵日帶著牲禮來拜拜，和大家聊天等過香爐上三炷香燃過的時間，傍晚再將牲禮帶回家煮飯。那幾年她女兒在灣裡路上開冰店，我享受過幾次折扣的冰淇淋和鍋燒意麵，而她的長孫和弟弟又恰是小學同學，大家在等候賞兵拜拜的時間，永遠聊著笑著，將她的魚尾紋拉得好長。

他們一家從不隨便問神的，但拜拜絕對會到，大約是孩子要創業、買房入厝一類的大事，才會來請示神明，至多在孫子們尚小時，偶爾著生驚，帶著來收驚或大考前讓神明在頭上用紅墨水寫一道符，祈求考試順利。而後他的孩子們也都事業發展順遂，文仔阿伯漸少在週末問神客廳會出現，兒孫們都忙，文仔阿伯退休的老年生活頗愜意，寬心與放心，自然不需執著於凡事要請示神明。

和問神客廳會的歷史一般年少時的我，從未質疑過神，習慣神在日子裡自然留下的足跡，也熟悉來往的大人們對於神的憧憬，更享受著多了許多親友的美好錯覺，而今一切都不再相同。我已成了會隱藏叛逆，在他人面前裝出隱藏真實，並偽裝出禮貌表情的成人。用資淺成人的目光，面對著資深成人逐漸不再埋藏的渴求，或者直白點說，貪婪。

我無法在時間序或歷史年表上，畫下一個確切的紅色註記，標示著從某個時間點開始，問神客廳會悄悄地正從記憶中的溫馨，離我遠去了，以一種無人知曉的方式。

這些年在台南的時候，幾乎聽不太到門鈴響起，話筒傳來對講機那頭說：「我來挈牲禮。」愉快的聲音，過往大家都熟悉，有時把牲禮送來拜拜後，那幾小時的時間先去忙，忙完再來取回，是常有的事。

現在取而代之是深夜的來電，凌晨一點時分，父親才剛睡下，突然有人來電要找他，原來是新一批問神隊伍中的某個信女阿姨，她先生長年受慢性病折騰，在那夜裡突然疼痛到快無法承受，她打來急著要父親替她上樓向神明稟報、燃香，讓她先生健康無虞，無奈的父親安撫著她，要她快將人送醫院急診，也答應替她燃香拜拜。初次的深夜來電，而後又間隔地在幾個深夜延續，可能是凌晨十二點，又或是一點半，她說先生疼痛難耐著，再求父親替她拜神明。

在這位阿姨成為如今焦躁不安的信女之前，記得我遇過幾次她來問神，像皇帝選妃那般，細數著兒媳婦的好壞，讓神忍不住詢問她，究竟要問什麼問題，又或者她一再重複問某件事該怎麼處理，神又回覆她，這些之前就說過了，妳都沒照做，怎麼又來問。還有幾次，她不斷向神抱怨賺不到錢，問說：「景氣不好，生意差，該怎麼辦？」但同時在那幾年裡，她才為了和父親競爭一筆生意，用盡各種銷售手段，低價再削價到底，再暗示說，父親生意上的商品太貴了或有瑕疵，終而獲勝利。

神明僅說：「景氣壞，大家攏壞，也毋是妳一个人無生意做。」便不再回應，示意該換人問了。再來則是她焦慮到極點時，以哭腔差一些雙膝著地懇求附身在父親身上的神明說：「拜託……我給祢拜託……我攏拜託遮爾多擺啊……祢就予我拜託嘛……」像賣場裡哭鬧著父母買東西，對著父母情緒勒索的孩子，即使神回：「這是人為……毋是神會使解決的……」她仍不斷拜託神。於是我漸漸懂了，人在無助時，總會變得更加虔誠，為自己虔誠。

我曾問父親：「為什麼她在現實生活裡也不是善良的人，神卻保佑她？」父親說：「她本性也不壞，為著翁婿破病，就是較自私……阮為神做代誌，袂當共別人計較啦！」

父親始終奉行著，神明有志要救世，作為神在凡間的替身，也必須行善，不與他人計較，當然也不得收費，頂多是神明生日大家各自認領像是辦酬神電影或歌仔戲、做花籃或是麵龜……所需的雜費，若以金錢來衡量就非真行善救世了。

父親如此小心遵行神的旨意，但其他的資深的大人，都追逐利益，問神求神也是一種渴望獲利的心態，在新歷史上的善男信女，沒有不自私的。

疫情年時，父親在家人力勸，加上他自身的易緊張、焦慮，減少許多問神會的時間，除非有重要事情，否則一律拒絕。年冬時父親重感冒，身子弱，又有人來詢問是否能問神，父親拒絕後，那位時常占據神旁邊位置，自主充當桌頭說要替大家抄寫藥方，教導每張符使用方式的一位河童禿大叔，他對著父親說：「汝就是無去予神明俱身，出來予人問事，才會身體壞，不時遮痛遐痛，做神明乩身的人，哪有身體遐爾壞的。」父親將怒氣吞進身體深處，隨便打發他走。

父親幾乎要將他列為拒往來名單，因而減少聯繫，也不太讓他到家裡來的時間，河童禿大叔仍到處索利，他曾奉著神明之名，去其他友人家替人貼符，做完正事後，要求消夜配別人家櫃裡的洋酒，再索求一點微薄的車馬費，才願意甘心離開。

不知是神的意思，或父親心軟，長達十年的時間裡，河童禿大叔從未真正離開神或我家，在他人生低谷時，曾在除夕藉故到家裡來，父親便留他和我們一起吃年夜飯，刷新問神成員們的歷史紀錄，也成為第一個非父親好友，卻和我們一家共度詭譎的團圓飯，甚至還主動參與了姊姊們談婚事的聚餐……，與神無關的他人家的私事。

因為從沒離開，河童禿大叔靠著他以為的桌頭身分，拉來許多他的遠親，進入問神隊伍裡，免費問神，吃不用付費的問神會晚餐，或是安排他們插隊，比起資深的問神成員，更早能占據神桌旁另一端的位置，將問事人坐的那張椅子，坐到好熱卻又不起身離開，河童禿大叔在父親成為神時，代替了父親扮起主人，招呼著問神的一切事宜。

我曾忿忿地問父親，到底為什麼要留下這樣的人。多年來，父親除了生悶氣，在憤怒無可遏的時間拒見他之外，每次他的回歸，父親總說：「他有在改，神明會渡他，他就是本性壞，有一些改未掉的壞習慣啦！」加上有些共同的朋友，讓父親無法拒絕，然後，父親再被惹怒，一切落入沒有出口的循環。

後來各種來自他人的煩惱，丟入了家中問神客廳會的空間，而神退駕後，卻成了失去神性的家庭空間的紛亂，為了誰要來問，誰不來問，誰又多報了陌生人來，或是半夜的求神電話，父母親總會起爭執，原來單純的家庭生活空間，卻因眾善男信女而淪為達成願望的私人信仰空間，有求必應，無人能抗拒，否則就會被抓住不善當話柄，好似我們也必須擁有一般人幻想中的完美神格或人格。也因為做善事，在他人眼裡父親並不擁有拒絕的權利，或是因為行善，作為主人家，似乎必須承擔生活裡不必要之紛亂，像一種失衡關係，我們正犧牲自己成全眾多並不那麼良善的人。

成人以後，我開始思考神的標準是什麼？

「有拜有保佑」好像成了輕易就能實現的終點站，只要每次都虔誠的信仰，遵循神明的話去做，即使我對他人施惡，或以神的名義詐騙，是不是也依然能活得好又自在，仍享受著我付出信仰後，交換來的神的庇護。

每當我們燃起香向神稟告事情時，總要先自介，「善男我……」或「信女我……」，可是真正的善男信女，同時也真心虔誠，他們仍逃不過命運，脫隊得那樣早，偶爾我會想起兒時的善男信女，如果他們還在就好了，只可惜命運總是把如果偷走，留下了結果給還在的人。

在那些人之後，在我長成大人開始，在我眼裡，這世界未有真正的善男信女，真正的善男信女，都在天上善良與虔信了。

過橋

那年年末，大家都在期待著十二月的節慶氣氛，在一個黝暗夜裡，沿著幾十年不變的路線，父親從南茳橋彼端開車返家，家裡客廳的燈已熄，母親留著房間的光亮等他回來，聽見父親開啟鐵捲門的聲音，我也下樓。父親褪下外出衣，剩下乳白色內衣和短褲，在冬夜裡不說一句話，凌晨時分的空氣與時間彷彿凝結，直到母親開口詢問，父親眼神望向遠處，緩緩地說：「一个好好的人，就無去啊……。」

父親自此時常在夜裡，獨對電視機裡的政論節目，燃著一根長壽菸，吐出很深的煙圈，活成一抹孤寂的影子。

若將那個夜裡再往前的幾年份日曆紙，都貼回去，便會發現父親每撕下一張就會不斷過橋去，將阿林叔來我家的路線倒著走。阿林叔病後的日子，常常一通電話來，父親就趕到他家，帶他上醫院，陪他去復健，為他拜神問神，或找強身藥方，深怕他抗拒那些能讓自己好起來的方法。

過往多是阿林叔從南莛橋的另一端，經過一小段茄莛後，進入灣裡後，再轉過幾個彎來家裡。父親在我出生不久，賺了大錢買下一方廠房，越過熱鬧的灣裡路，落定在灣裡小鎮邊陲，開了廢五金鐵工廠，阿林叔正是來家裡上工的工人，那幾年父親事業旺燃處於人生高點，他與母親裡外奔忙，甚至在那些記憶裡，我一個人徘徊遊戲於整個家屋工廠的一二樓，一下是二樓大房間工人們正操作機器在壓切片仔，阿林叔就在那些面對機器背影中的其一。父親若外出談生意，阿林叔則幫他看照著工廠裡的大小瑣事。

廢五金生意持續好幾年，尾聲總是在翹翹板的兩端滑行，時上升時下坡，加上父親為幫助親族間度難關，一次次將攢存的積蓄往外散施。忽然有人邀約父親到泰國投資，將漸衰微的廢五金工廠轉往泰國。神明勸父親不要到泰國投資，父親只因允諾了友人，不願當個失信之人，仍決定要遠去那熱帶的彼方，那是父親一貫的頑固，人生像走吊橋那般浮動，沒有到盡頭，都是顛簸，也許不安，但父親卻執意要去，即使最後後悔，我知道他仍會不悔地承受，而阿林叔則沒有一絲猶豫，便跟著父親前往。父親人生像吊橋，每走一步都是起伏，若這趟熱帶冒險，是人生中那不穩的橋，無法預知的前端與盡頭，那麼阿林叔就是不論後果，為了義氣跟著往前衝的傻瓜，不注意也會一起掉落，兩個人的失步掉落，比起一個人顯得不那麼孤單，卻也更傷。

偶有幾回陪同母親越過台南到高雄小港機場接機，看見他們穿著花襯衫曬得更黝黑，行李推車上放滿各種禮品，還是小學生的我，曾誤認那是一種人生勝利的象徵，回家後父親會從行李中掏出各式禮品，包含給母親的Dior口紅組、Chanel多色眼影盤……，以及至今仍安好地存於家中客廳玻璃櫃裡的各式洋酒，甚至有鑲金的整隻鹿模樣的限量版。父親的命運有時像場惡作劇。而後幾年果如神所預言的，合資出問題，吵雜紛爭如泰國的炎熱高溫熱辣，父親將機器賣掉之後，返台。這一路，阿林叔都在父親身旁，他們一起歸返。

父親準備著轉行，日常裡餘下的時間，成為神明的載體，每逢週六便是客廳問事大會。父親起乩時，無法顧及的瑣事，全都是阿林叔一手操辦，他總是坐在成為神的父親旁那個位置，仔細記錄神交代的事情，那是沒有任何人能輕易坐下或複製的位置，無論父親做什麼，旁邊必定有阿林叔，與他默契相隨。

阿林叔同父親一樣，具有感應神的體質，但不常附體，他的起乩較激烈，激動吟唸古語，並不斷將一把正燒燃的香，往頭上扎，他的頭頂冒出血絲而漫成一條小河，在旁人都被驚駭時，一退駕他便用毛巾擦去滿頭臉的血河，笑著說沒事，要大家免驚。後來父親身上的神不太讓阿林叔起乩，避免傷了人體，而他就這樣數十年在父親與神的身旁，成為那個稱職的位置。

神明早幾年便指示父親該讓阿林叔出去自己闖蕩，而阿林叔轉行成功，神明賜以「小玩童」之名，在手搖飲料連鎖店尚未猖狂，街道沒有布滿各式品牌時，成功從學校對面的涼水小攤位，成了一方店鋪，向來不喝手搖飲料的父親，這輩子只喝「小玩童」牌涼水，飲料店的生意順風順水的上升，夠養一整家還有足餘，後來他們買了新的透天厝，走向上坡路。而父親卻與他逆行，經歷了轉行的艱難，還有手足之間的爭奪，甚至是心軟地借錢給誰，或替他人償還債務，將房產變賣，逐漸從有到無。父親的煩悶或哀傷，是身為孩子的我，難以親近父親真正的內在，但我總想無論是日子好或壞，至少會有個人懂得父親，並且永遠站在父親那一邊。悲痛或憤怒，每當父親為原生家庭手足所苦，他還有一個真正的兄弟能訴苦，能真心對待他，不為什麼。

他們各在一方打拚事業，也各自面臨各種生命難解的習題，在很後來我才知曉，他和父親一樣都憐養著那些切不斷的血緣，承擔著血緣脈絡中有意或無意的失能者的生活。有能力的人，大概都活得比較辛苦一些。不像父親，總是埋怨卻又無法真正放手，受傷後才又氣又懊喪，阿林叔大都是笑著，有一種瀟灑，我想每逢種種無奈，他會說：「遇著就遇著啊，無要緊，總會過去。」然後穿著他那件左邊印著宮廟名的白汗衫，大步大步輕盈地往前走。

阿林叔和父親對神都是忠誠的信仰，神曾準確預言他的人生困境與命運，在漫長人生路中打光指引，或許前半生神都說對了，他離開父親的身邊後轉行後，會走上坡路。而神或許忘記告知我們，那越高的地方或許空氣越稀薄。

幾十年來，阿林叔的孩子早以慣用「阿伯」稱呼父親，不加名字只有稱謂的親近，而我也喊他的孩子哥或姊，在心裡祕密深處，若有一個小劇場，那裡面肯定正上演著一家人的劇情，即使是異姓。

每年的固定日曆軌跡，他和父親會擇定一吉日，領著幾個常來拜神的夥伴，一起送家裡供奉的媽祖回麻豆原生的祖廟進行過爐儀式，神一年一度的返家。回程的路途，阿林叔就坐在副駕駛座，車行駛在東西向快速道路的高架橋上，馳往我家的方向，眼看就要下橋，他該從懷裡的提籃拿出鞭炮備著，待車隊護送媽祖回到家門口就要點燃，大路彎進小路，經過公園和地磅，仍不見他動作。

神明回到家中神明廳安座後，他忽然起身哭了起來，那聲音偏向一種較細的高音，神態也不如以往被降駕時吟唱台語古調，而是一種特殊腔調台語自他口中不斷流出。父親神色凝重地問：「祢毋是蔡府，請問是叨位的神尊？」先是一陣沉默，再以哭腔小小聲說著含糊台語，始終沒說清楚。隨即轉成一種沉重的語氣說話，細數各項人、事、物，模糊中大概只聽得清楚毋甘願、放未落。終於停下之後，阿林叔仍未清醒過來。立刻又被他家的正神「蔡府千歲」偎駕，蔡府的神脾性一向火躁，無論降駕或退駕都激烈，此次則一附身開口就發怒。

阿林叔忽然被輪替降駕，讓所有人慌成一片。此時家中二樓的神明廳已濃煙繚蔽整個空間，霧白的煙夾帶厚重香火味從落地窗竄出，是發爐。父親三次聖杯核對過神有事指示後，隨即被神附體，以低沉而緩慢的聲音說話：「是伊厝內祖先及過往親人，輪流附在伊身，現此時伊人的身體已經袂堪得，快送醫院才是……」原來外表看起來安然無事，而身體內部的病灶正開出血花。

從加護病房再到普通病房，直至返家，父親都相伴在旁。病後的阿林叔，最初還能行走，僅僅只是身體的一邊，略微麻木，稍嫌力氣不足，往後漸成了需靠人攙扶才能行動的狀態，笑容隨身體日漸下沉。而他病後的日常，是父親最常過橋去的一段日子，父親一向喜歡待在家比出門更多，但每逢阿林叔不吃飯、心情不好，或不願意上醫院跟做復健時，父親總會去接他，在家時也深怕漏了他家人的來電，擔心他寂寞或在家亂想，每月固定的賞兵拜拜，有空父親就會親自去接送，或請他家人開車送他過來，讓大家陪他說話。每個出門前的時刻，父親儀式性在神明廳裡點燃幾炷香，「聖母、遊海城隍、雷王公、虎爺公……」一一喊過每尊神明，祈求祂們保佑蔡家主人公，阿林叔，能早日康復。

除了固定上醫院，也定時見神明，跟嘗試各種療法。阿林叔陷在病裡的時間像家外圍的海岸，長到看不見盡頭，時間把病和人都折磨成無聲，他每每到家裡見了父親，似有無盡說不出的話語，只能化作眼神裡的哀傷，父親能懂阿林叔眼神中的一切言語，為了激勵他，父親總像訓話式的要他好好去復健，不然家裡沒有人扛得起來，他落下兩行淚水，恬恬哭無聲。從一家之主和笑看雲淡的人，到無法成為神的載體，也無法勝任輔佐其他事務，喪失了所有位置的發語權，再也說不清太多的句子，逐漸成為自斷言語的無言人。

活在日子裡，人逐漸被日子馴化，而習慣。所有人或許都熟悉了阿林叔病後的模樣，即使無語但他還在這裡，沒有離去，大家都握緊著一絲希望。

忘了是哪個農曆年前，神明指示說年運不好，往後必要時須辦改運儀式。就在家裡工廠歇停後，空出來的大片空間，請來認識的道士在前祭改，父親與神合一殿後，手執法索在地上甩出聲響。自搭的改運七星橋，實是長板凳構築的，下排七盞燭火做七星燈，請求北斗星君來消除厄運。我和家人混在聞訊來祭改的陌生人間，每個人都要拿著貼著自己生肖及性別的草人，依序排隊上七星橋，橋旁搧著燃燒淨香火爐的道士助理，不斷地提醒：「上橋袂當越頭哦！」人生也是無法回頭的路途，偶爾我會忘記，想回頭看看後面的人跟上了沒，但立刻會被喊說：「別越頭！」忽然有種不確定恐懼如池底的水草絆住我，深恐回頭了以後，改不了壞運，或連同好運都陷落，也可能命運自此改變。

過去幾年，阿林叔也在改運人龍中，並非要排隊改運，他會久違地和父親一同被神明降駕，成為神，拿著法器，渡化善男信女。儀式一關關，先上橋先由紅頭道士一手執搖鈴唸咒語，再通過阿林叔的蔡府元帥，最後是父親的遊海城隍爺，一個改過一個。當人龍消散的末端，與神合一的阿林叔和父親也須踏上七星橋，被巨型燃燒淨香的煙罩包覆，踩著七星步過橋，橋上的他們是神，被眾善男信女仰望、期待。跨過橋末的火爐，神從他們身上退去，他們降落在橋下歸為凡人。我無法確定，走過七星橋的他們，是否也被祭改了？

阿林叔無法再輔佑神事後，每年的改運大會不再。問神的日常，神身旁的位置輪替過幾個人，而他則退居成為問事人群之一，有時也缺席，當日子遠去後只剩存在過往的透明身影了。他空出的位置，許多人試著取代，主動坐到神的旁，還自發性發號碼牌，再讓自己的親友插隊，大家繳交的金紙錢公費核對不上，那些日常瑣細的事，都因為他的缺席，成了漸漸陌生化的模樣。日常裡，父親也有漸親近的其他友人，一同做些醃青芒果、釀洛神花醋一類的小事，共度半退休生活。而那衰微的壞運，像是沒被改掉刨去，仍間斷地在以為平安時又入侵，大抵是哪個親友又為錢與父親爭亂不休，或在外裝可憐控訴父親的冷心，或因為上當，不小心付出了一筆錢買教訓。

「換帖仔」，父親並不以這個詞來稱呼阿林叔。追溯父親的好友史，大概有幾個曾列入或接近「換帖仔」行列，早期有兒時常咬我手指，身上布滿檳榔菸酒臭氣，一個長得黝黑叫作火炭仔的怪叔叔，也有那個以小富豪姿態出現，時常邀我們到豪宅去遊玩的國隆阿伯，當然那串名單內，還有許多我記不得姓名或長相的人，這串隊伍裡的人莫不是陷害或欺騙父親投資失利，以及大大小小早已被忽視在記憶裡的爭執，致使彼此不再往來。父親如今會說「換帖仔」的那個友人，在家人眼中也陌生得很，相見時喊不出彼此名字，只能用一些叔叔伯伯類的一般稱呼，禮貌性招呼而過。阿林叔才是最懂父親的那個，無論父親是神或人時，他永遠選擇站在父親那一方，在他病後失語，常常見了父親便落淚，也只有父親能全然讀清那看似透明的淚水之中藏著的，是各種因素所組成的悲傷。他病後父親的寂寞更深，本來就不常出門，來往的朋友沒有人能完全重疊且密合那個空了的位置，那並不是兄弟或換帖仔幾個字，能夠說清楚的親密與堅定。

不確定是否命運使然，父親無處可逃似的，總迎面撞上這些紛雜，但他也有過支持他的夥伴，只是有些人提早脫離隊伍，或安守在自適的退休生活，沒有人像父親在邁入老年時，還在波折與奔忙。而阿林叔的人生後半，雖沒有父親命裡那般起伏不定，卻也陷入了沒有盡頭的黑暗無力之中。他們都篤信神明，父親舉凡孩子的學業考試、家人和睦、購屋買地、身體病痛……，日常裡的瑣事與怕出問題的大事，都必請示神明，自己也研讀命理風水之書。而阿林叔除了對父親與神的堅定外，承繼原生家庭裡一個小廟的神明，想為神明將土地徵收而拆掉的小廟重建，初病時還曾拖著病體到工地去想搬起沉重的板模，怕對神明失信，愧對神多年來的護佑。無法確知他們的信仰來自執著，作為乩身的一種忠誠，期待神明的力量去改變生命缺憾，還是在神所預料到的人生裡，得有神助，願窮盡一生虔誠為神付出。那麼神呢？神會如何看待善男乩身。

不知父親可曾問過神明，一生困住他的無盡煩惱，被親人所累，為友人所害，甚至被無神論者親友嘲弄當神的荒謬，這些運難道無法可改？阿林叔奉行神明指點，努力過生活，想辦法蓋廟報恩，而病是乩身降駕時患的，命卻也靠神明撿回來。若命運決定一切，那神能改變什麼？最後是他們信仰了神，還是神庇佑他們，再也難以清晰二分。

在人與神都沒預測到的那最後一年，那次的問神會，大家仍關心阿林叔的狀況，神明指示說：「若今年會得過，就會漸漸好。」那天問神結束後，深夜的電話打來，說阿林叔不再呼吸了，送往醫院的路途裡，救護人員記下他停止心跳的時間。不知道是天機不可洩，或是如廟裡那些籤詩所寫的：「命裡有時終須有，命裡無時莫強求」，所有的人生都是無法強求，很長的時間裡我正思考著一個沒有答案的問題，究竟是神先設定了命運，再選擇了適當的人去承擔，還是先有人，而後神才隨機挑選般賦予了命運，神究竟有沒有掌握了人的一生？

阿林叔的名字，來自「吉人自有天相」的濃縮，我以為即使生病是個關，所有人生裡的承擔是個劫，但天仍會保佑他，或至少那麼多年來的虔信，神會多眷顧他一些，神會在天上為他拉長一點生命線吧。但他依然過不了，那個只要過了就會變好的年。吉善的他，是不是漏了天相？吉，卻沒有天。

父親沒有哭，只是在最後那段時間裡，無語地不斷過橋去，自己去或帶上親友們去看阿林叔，在最後一段路，送阿林叔離家，過橋到更寬闊的遠鄉，回程一段短短的南莛橋，也許將成為漫長而單向的路途。

在道教裡，人死後必先入陰府，走上奈何橋，生前作惡者無法過橋，會被地獄使者拉入血河池，而生前行善者當然能順利上橋，像舊時電視劇裡上演的劇情，死去的人恍惚間走到拱月型一座看似平凡的小橋前，眼前去無他路，過橋後一個苦臉老婆婆，會遞上一碗湯喝，亡者無疑地一口喝下，便沒了這一世的記憶，成了內在什麼都沒有的空人，無法回頭的人都只因過了橋喝了湯。我相信，阿林叔會走上橋，若真有神，神必定能告知那陰間審判者，他一生中所有的正直，那才不枉他一生付出於神，不負他至病至死的忠誠。

阿林叔走上橋時，會不會回頭望，自己的一生與父親，而他即將要喝下孟婆的湯，這一輩子將要被遺棄，成為無惡無善的乾淨，在沒有神，沒有父親的彼方，他孤獨地過橋。

可愛的馬

八點檔沒播的週末深夜，母親洗完澡會在客廳裡一面吃水果一面收看《超級紅人榜》，父親偶爾閒憩，拋下政論節目，與母親盯著電視機，看那些素人小孩或大人如登當年五燈獎舞台那樣，演唱台語歌，然後亮燈評分，有人登上衛冕者寶座。

父親很少聽音樂，舊時家裡還是工廠時，從晨光到落日時間，台語廣播節目與機台聲跟工人們的話語在空間裡交響，學齡前我也會學幾句主持人賣藥的台詞。父親的裕隆小紅車上常常只有一張卡帶在輪轉，好一段時間才會替換，在我學齡前是姚蘇蓉，國小是鄧麗君，而後那些路途都滿是我記不起歌手與歌名的台語歌，每次回家路途中車子從西濱公路左轉進入灣裡工業區，那一段剛好是個斜坡，幼年的我對那一段斜坡的感覺像雲霄飛車，高低落差讓我有一種身體裡面癢癢的奇異感覺，而每次卡帶都會恰好播到某一首，可能是姚蘇蓉高聲唱著「今天不回家……」，或是我能跟著唱的「唏歷歷，我的心裡亂如麻，花啦啦……呼嚕嚕……」，更多時候在汽車如雲霄飛車最後一段加速下滑時，我會和著卡帶的女聲大唱：「講啥物，我親像，天頂的仙女……啊！我問你，你的良心到底在哪裡？……」那是陳小雲的〈愛情的騙子我問你〉，後來的我完全記不起車上那幾張卡帶AB面的歌曲，只記得路途裡，斜坡上至下的那幾首歌，就像不同的單曲在記憶裡組合。

我不記得父親會唱歌，連哼歌都極少，不像母親看《超級紅人榜》時隨口也能哼個一兩調不完全合拍的音符，介紹哪首歌是日本演歌，哪首是詹雅雯的，父親只是個聆聽者。到如今父親車上仍聽的是台語賣藥電台，就像過去在工廠上工時，全天候的台語電台，極少播歌，主持人談話撐場，間或推銷幾個藥品。我以為父親們都是那樣，為了生活沒什麼娛樂，歌也是聽了就好，不必會唱。

直到那一年大姊結婚，突然有人穿越整排的流水席，到前方舞台前跟那個妖豔能歌善言的中年女主持人點歌，幾個賓客輪番上場開唱後，舞台傳來一曲陌生前奏，是郭金發的〈可愛的馬〉，正當大家一雙又一雙的眼睛正盯著誰會上台時，父親的好友阿林叔被他兒子拱上台，他笑得滿臉無奈，走上台去悠悠唱起〈可愛的馬〉，那是我初次也是最後聽他唱歌，我確實不太記得那歌聲，應該是帶點溫柔又微有渾厚點綴，那天大家臉上都滿是驚奇與笑意，唱完後台下都還有人呼嘘仔，父親也笑得如那晚的煙花綻放。那天散席後的客廳，帶點微醺的父親，還說他少年時很會跳舞，然後示範起單人交際舞，父親難得的幽默與放鬆，彼夜的他們恍如重返年少，燦笑都遮蓋了鬢髮的白絲。

人生若有單曲重複播放功能就好了，誰都想停留在最愛的那首歌裡，我想建立一個播放清單，裡面只有最愛，沒有其他。

大約是在蕭敬騰唱紅江蕙〈無言花〉後的幾年，阿林叔成了一朵無言花，人生的坡驟降，沒有緩衝，陡然地落地，像樂曲裡突然的低音，唱歌時一個不小心就加速滑落，走音，血管裡的血液悄悄蔓延成花狀，凝結了他的語言與行動力，身體的力量失衡，他成了墜地的無語句號。阿林叔對於失能的日子感到煩悶，不顧神明與醫生的叮囑，偶爾會像個孩子鬧性子，也會任性地不吃飯，漸漸地脆弱而微微地削瘦下去，不若以往的精實。每回到家裡來時，父親叫他多吃點，他不太拒絕父親，像個聽話孩子般接受。我將平時的玻璃碗換成大鐵碗，筷子更替為湯匙，將肉與菜一樣樣輕巧地置入鐵碗中，層疊鋪滿，像圓形的便當，他用尚存力氣的左手，緩緩地一匙一匙舀起飯菜，換我不時看著他吃飯的模樣，期待他能吃得滿飽，吃完飯再為他添入大黃瓜丸子湯，少不了那些燉湯的排骨。有時他會搖搖手，示意他不要吃那麼多，我則會扮演起大人訓斥孩子的樣子，要他多吃一點，要全吃完才行。

阿林叔病後彷彿暫停，或像壞軌卡帶，行動、言語總斷裂的時間格裡無法順利相連，我始終無法習慣太過於安靜的一切。常常想起他的聲音，每回家中門鈴響起時，我總是期待他會說：「我第六分局，來巡邏！」或「我送瓦斯來！」在蒙稚時，他一慣的玩笑話，往往讓我當真，還會轉頭對父親緊張地說：「警察來耶！」而後會見到他一派輕鬆的身影從門口走進來，我才發現自己上當。

他病後幾年，我曾將自己倒退回孩子，見面時撒嬌式說等他好起來之後，也要在我結婚時獻唱一首〈可愛的馬〉，不可以只在大姊的婚禮唱，要對我們都公平才行，孩子般任性的耍賴，而他總是笑著，卻沒有給我承諾。也曾我耐著一種長大後討厭的尷尬感，撥電話到他家，在電話那頭自言自語那般，叫他答應我一定要去復健，而他僅能發出一些音節回應我，但我始終認為會有那一天的，好的那天，他在我婚禮唱起歌那天，說完再見時，我等他掛了之後，才捨得按下結束鍵。

若以我生命長度來劃分，最初的三分之一，是阿林叔剛到家裡的廢五金工廠當工人那幾年。我出生後，仍在強褓中的我，先被阿公帶回舊厝老家餵養一段時日，阿公堅決血脈不可外流，後又加上神明指示，此嬰孩的命格會旺家。我才被父親接回，真正的留存。神明的預示成真，那幾年父親賺了好幾筆大錢。遷往迄今仍居住的鐵工廠。事業興旺無可擋，父親與母親裡外奔忙，學齡前整個工廠都是我的單人遊樂園，一樓屋外的廠房有許多阿桑阿姨在處理成堆的銅線，二樓房間裡有許多工人操作機器，旁邊總是有成桶的成品等著被處理的綠色塑膠片，上面的金屬要拆下來賣錢，另一面又是一樓戶外一堆彩色廢電線上，我模仿娃娃車老師上下車，那是我的一整天，回溯記憶裡父母親的影子卻像字跡被滴上水珠渲染模糊，取而代之清晰的是其他人的身影。

時間把我從嬰兒車的欄杆裡望外看的目光，長成了不需要喝奶，能在工廠隨處漫遊的無聊稚童，母親可能還忙著為工人準備下午的點心，父親也許出外去談生意或忙著照看卸貨。機器聲暫停，台語廣播顯得嘹亮的午餐時間，我還無聊至極的在太陽下，仿照那幾個女工阿桑，從山或口字型的金屬條塊上用小鐵錘，將一捲捲攀附在上的銅線敲下，直到那些熟悉的聲音叫喚我，戴著袖套與手套的女工們，一面吃著鐵飯盒裡簡單的菜餚，順便餵上我幾口，或是工人們將飯裡的一小塊肉分給我，那是我人生最初的專屬營養午餐，天天不同菜色，有時來自她或另一個她，也有他或那個誰。工人飯盒裡鮮少出現雞腿，常出現是拿來熬湯的豬大骨切對半，占據了便當盒不小的空間，而我手上總能擁有那塊豬大骨，時常來自阿林叔。他和他太太也這樣在午餐時光餵養我好幾年，童稚的那些年幸有他們一口口地餵養，讓我沒有成為被遺落的孩子。

某幾個下午或傍晚的放工，好似因為在家沒人照顧，而被父母拎著一同去上班，在工作場所玩了整天再被帶回家的孩子，阿林叔在前，他太太在後，中間夾著小小的我，外人看了會誤會他家多了個女兒。在那個家，我喝下人生第一口綠色多多，開心地彈跳，還有初次當花童，或是上美容院燙成小捲爆炸頭，甚至是到海邊幼稚園寄讀兩三天，戶外教學我戴著毛茸茸的兔子鋪棉帽，在冬日的茄萣海邊看海線起伏，再戴著兔子帽夾在他們兩個大人之間，坐著摩托車回去，沿著路途阿林叔也許正哼著，長大後被我遺忘，而他不再哼唱的歌，風沙般渺小卻無限堆疊的記憶，是從阿林叔家開始的。他的家屋，也是我內心深藏的一座小小的家。

直到學校取代了餵養的責任，我已長成無法被摩托車挾帶著回去的年紀，成長數線中距離隨著年齡漸畫得稍寬一點。那幾年間父親也同時經歷鐵工廠的外遷與結束，褪去了主僱關係後父親與阿林叔，彼此成為一生最信任也最真摯的朋友，阿林叔始終在父親左右，同時見證著我的童稚、青春直至後青春，存在於我生命刻畫裡的三分之二跨度。我們之間並不是那種極度親密的關係，不會告解心事，或依偎在懷裡撒嬌，而是在像放風箏一樣越拉越長的成長線中，無論我或近或遠，我都知道在某一端會有人關心著自己，用一種安靜的方式輕輕地拉著。如同他病後的日子，我喜歡將手搭落在他的雙肩，以不貼密的方式輕輕圍著，或幫他捏捏肩膀，淡淡地說一些無聊的話語。或是過往每回我從另一個城市返家，他總會關心我的近況，笑著問說：「哪有閒轉來？哪會嘛是遮瘦，是外面餓著呢？」然後會指著他家飲料店的吧檯命令的說：「欲飲啥物，自己去泡！珍珠奶茶泡大杯，飲較濟！」要我多喝點沒關係，吃胖些。

比起父親，在某些時刻，我更喜歡阿林叔。

在大學前我幾乎搞砸每一場大考，父親從陪考的緊張到放榜的情緒炸怒，結論都是說我會「撿角」，而阿林叔對此則一派輕鬆，甚至會說：「讀無冊無要緊，抑無來阮家顧攤啦！」如浮雲一般輕的玩笑話，卻是給了我比大擁抱更好的安慰。

父親國中就為家計輟學，在他年少的週記裡，他寫滿新聞時事的評論，字跡猶如合裁的衣服，安妥地排列在週記簿的直行裡，當年的導師曾說父親不讀書了很可惜，那個可惜在父親成為一位人父後，加上外人眼光的排行裡，他缺少必要富或有子的條件，目光燒成火，燒著父親，成了沉重的包袱。一切關於升學的事，父親總希望孩子可以達到，但不確定孩子可不可以；而阿林叔是可以也好，不可以也沒關係，反正路是人走出來的。父親是個勇敢闖路的人，但他總是焦慮，慌怕著任何可能影響孩子路的阻礙，總是阿林叔勸他想開點，兒孫自有兒孫福。

也許不該這麼想，但向上爬的成長路裡，有那麼過幾次，曾自我揣測若父親角色替換成阿林叔，會不會關於那些挫敗與搞砸，就不會那麼絕望，而使人隱約有被棄的恐慌，是他讓我知道可以單純的作為孩子，僅僅只是孩子，可以合理的自由與自在，而不是被勉強塞進那任何可以量化的東西列成的排行榜，他會說：「讀無冊，就找頭路，未餓著就好。」

兒時的工廠漫遊時光，我拿過最大的棒棒糖，便來自阿林叔，他家也有好幾個孩子，那年我不懂為何自己能擁有那個大圓形布滿色彩，由一圈圈糖組成的大棒棒糖，但童稚的滿足與興奮卻沒有隨時間被取代，我記得他當時的大笑臉，和我的小笑臉，彷彿一種美好組合，映照在底片裡，瞬間定格，別人看了會以為是一組甜膩的父女。

長大後，我暗自在心裡認為我有兩個父親，家裡的姊妹們出嫁時，兩個父親的身影穿梭在婚禮與會場哩，參與著每個環節。

而那也是父親們，最為歡樂的時刻。在漸接近適婚時，我也幻想過屬於我們的那一刻，只可惜阿林叔的快樂提早被剝奪。

阿林叔漫長的養病日常，我們總是想努力喚醒，病後那個幽默被深埋的他。一回我扭傷腳，被帶到一處有中醫看診的宮廟針灸，阿林叔當時也定期去針灸腦部。候診時，我努力為他說些笑話，試圖逗他開心，便誇張地描述我如何從樓梯摔倒扭傷腳腿，說著當年沒想到他那麼會唱歌，唱得多像郭金發。或許是不捨我失望，他展露些微的無聲笑容，上揚角度卻內縮了不少。又往後幾年，有時問神隊伍中常有人暗示我應該「女大當嫁」，而我依然笑著對不能用清晰語言回應我的阿林叔說：「我欲等你好起來，幫我唱〈可愛的馬〉，我才欲嫁哦！」在無期限的病痛裡，我想和他一起期盼著那天的到來。

在成長離家後，我深深明瞭自己仍是父親的女兒，遺傳了父親那種多慮、恐慌，在十隻手指頭要不斷拗折數羊的漫長夜晚，我落失了能入夢的睏眠，那時我好想擁有遺傳自阿林叔的幽默快樂的基因，能夠活得更豁達一些，即使後來他再也笑不起來，但我深知他曾那般爽朗過。

那天，搭著父親的車，往阿林叔家的路上，父親少見的沒有打開廣播頻道，車內連一絲風聲都沒有滲入，那是一段無聲無語的路途。這可能是最後一次到阿林叔家是為了看他，也可能再也沒有去的理由。不確定那照片是選自何時，照片裡的阿林叔和最後那幾年一樣，眼神裡透出烏雲遮掩的陰天，有種難說清的憂悒，他的家人說：「甭甘苦，伊去天頂好命啊！」我想忘記照片裡他哀憂的臉龐，願能保留記憶裡總是歡朗的模樣。

回程是自小到大習慣的路，從阿林叔家離開，車子緩緩駛出圍仔內後，經過一段略為荒涼的左邊公墓，右邊工廠的路，便會到茄萣，最後右轉上南萣橋，就回到灣裡。這段路阿林叔往返過幾十年，說不上太近，也不太遠，好比我們之間，兒時我常夾在他們之間，那時路起伏不平，整個路程約二十分鐘，摩托車上我們像三個人騎在馬背上，扣囉扣囉地過了南萣橋，過了茄萣，緩緩進入圍仔內，抵達那低於路面一半高度的房子，如電影《寄生上流》的半地下室，狹長型的家屋，客廳很小，開門要往上走才是馬路平面。那幾年雖住窮矮屋，卻充滿各種歡笑。

阿林叔人生的最後路途，父親說不用再特地回南部去送行，阿林叔會懂得我的心意。那天我在離家很遠的城市，看著陰天，想著他的家人應該有為他備好一切天上所需，我突然很想燒一隻馬給他，送他遠行，為他唱一句：「啊～可愛的馬呀，時常思念阮！」父親總是擔心他是不是，自我放棄，所以在那個時刻裡，選擇不再喘氣，放棄存在，但我想延續那種阿林叔的樂天，他是看開一切，能放下一切遠走的人。

阿林叔上台唱歌的那年，眾人沉迷在歡樂氣氛裡，沒人懂那歌詞裡的意境，幾年後在馬世芳的音樂專欄，偶然發現〈可愛的馬〉，正是一首送別曲，翻譯自日本演歌〈達者でナ〉，意思是「祝你好運、好好保重」，歌曲的故事描述主人忍痛賣掉多年陪伴的心愛之馬，期盼馬兒到了新主人那，也要好好保重。婚禮紅毯上，把女兒的手交給另一個男的畫面，像新主人接過馬兒的牽繩，不捨也只能祝福。

若嫁女兒像賣馬是一種離別，那死別，更是永遠無法再見的更深別離。

我若穿上結婚禮服，再也無人為我唱一首〈可愛的馬〉，為女兒祝福，也再也沒有那個能打開父親內核，讓父親卸下包袱，歡樂地跳起單人交際舞的夢幻一夜。只願他抵達神所在的彼方後，神應能眷顧他，讓他會在天上繼續笑著，期待他到我夢裡再來說些玩笑話。

阿林叔騎著馬遠行到遙遠的彼方去了，若望見為他流淚的人，想必他會帶著笑哼起：「啊～可愛的馬呀，毋通流珠淚啊，啊～毋通流珠淚，阮也猶原不甘離開，心頭像針在威……」帶著不捨，卻不是悲情，會有他的瀟灑。那穿著白色汗衫的他，新新如常，他可能還會碎唸說：「哭啥貨啦？無通哭。」說他要送瓦斯去很遠的地方，他這個玩童遠遊到寬闊的地方去玩了。

當我每次寫下姓名的第一個字，雙木林，兩個木，是他，是父親，是我們，這一家。

（原載二〇二一年四月《印刻文學生活誌》二一二期）

燃符

喜歡看那黃底爬滿紅墨水軌跡的符紙，在玻璃碗裡被火蔓延，而後蜷曲成黑色灰渣，與夜裡的黑熔成一股安心。

惡夢似有週期，蟄伏於夜裡，偶爾會竄逃進睡眠中。有時會夢見送葬隊伍、棺木，甚至是現實裡明明尚好的親人，在夢裡卻讓我恐慌並落下難受的淚。一次額頭像潮濕房子中牆壁緩緩蔓生出霉斑那樣，點點汗絲在夜裡悄悄攀上髮際、鬢角，驚醒時，看了手機顯示時間為四點四十四分。我慌張的蜷縮在床靠牆那端的角落，將燈都開亮，檯燈轉向床的方向。那晚便在忘記是否真正睡著的恍惚中度過，直至西曬的陽光射進房間。

白天清醒後，我撥了電話回老家，用台語對著電話那端的父親拼湊出那夢的模樣，尷尬的說：「我作眠夢，夢到你死去……」若是在老家，父親肯定會馬上用七張符紙夾三枝香，一面唸著：「急急如律令，拜請天師來壓煞……」並用燃燒後的符紙與香在我頭頂前後左右繞，那黑色的符渣如流星滑落，許願是要平安，順遂。

夢後幾天，我收到老家寄來的小包裹，一個夾鏈袋中分有三小袋，個別裝著兩種淨符，和天師壓煞符，數量都是一小疊，袋上熟悉的字跡寫著用法：「一次一道，點火面向臉，在頭頂繞三圈……」。

那符是神附身於父親身上時，父親的手寫下的，有神的力量與父親的安慰，讓我能安然地眠夢。

輯二

日常：神不在的地方

有時候會想，是不是走著走著，
我們都變得不夠明亮了？
也許我們從未抵達任何一座樂園，
但我知道父親會創造出比幻想更唯美的樂園，
就在漸漸能拋開自己的彼方樂園。

地磅站

外婆家的圍籬外，有個已經多年不用的地磅站，母親少女時，或許曾和她的姊妹們輪流守過那個小屋子，透過窗口替貨車、卡車測量貨物的重量，避免上高速公路後有過重被開罰的危機。

孩童時不懂地磅是什麼，許多學校讀半天的夏日午後，和親友小孩或附近孩童在地磅站上玩耍、追逐，鞋底能感受到隔著膠底隱約傳來鐵板燒炙的熱度，並且互相提醒別將屁股直接坐在那塊大長方形的鐵板上，方形以外的水泥地則安全無虞。有車子過來時，孩子們只能靠邊站，或偶爾跑進去小屋子裡，看大人正注目著測量數字，然後從面對地磅的小窗口告知重量，再收費、找錢，那地磅站的小房間裡，或許還留有母系家族裡，某個孩子的身高刻痕。

除了外婆家，那個屬於外公的地磅站外，因為父親經營鐵工廠的關係，我們住的宅廠合一屋子，附近也有個地磅站，過往要到旁邊小吃店買口香糖時，經過地磅站一定會用力踩踏，邊走邊玩，那些沒車的時刻，甚至在上面玩過丟水球。而更多到路口地磅站時，多是需要換錢、影印的時刻，走到側邊敲敲門，在裡面上班的阿姨開門時，迎面而來是陣陣冷氣涼意，阿姨們會說天氣熱，待一下沒關係，地磅站的影印收費，在便利商店已經能方便影印、列印時，仍只收一塊錢或有時免費，還贈幾顆糖果或給杯涼飲喝。我上大學後，地磅站漸不再被需要，成了空屋，沒人，沒車、沒有阿姨，再過幾年直接被拆除重建為廠房。每次回家，經過那個地方，我都會想起地磅站阿姨們的溫暖。

青春與漸漸成熟的年歲裡，印過的資料無數，可能包含了罰寫或成績單，最多的是學費繳費單，地磅站資深的阿姨都能知曉我每個時期就讀的學校，也會無意間得知成績單上倒數的排行，以及學費多寡。而阿姨始終沒有過多的評論，最多的是說，讀了個很不錯的學校。

外婆家的地磅站，在更早之前就在時代進程的需求裡被淘汰，營業的時間極少，幾乎失去原先的秤重功能，最後踏進那個地方時，是小學高年級得了帶狀皰疹，俗稱皮蛇的病，據說若皰疹皮蛇在身體繞了一圈便會死亡，那時外婆為我開了地磅站的門，久未開啟的小房間灰塵在光線裡飛翔，塵封的老舊霉味迎面，外婆在門檻放一綑長長的草，我們隔著門檻相對，她拿著炒菜鍋鍋蓋放在我頭頂，再搭配咒語用菜刀溫柔地輕輕敲打鍋蓋邊緣，最後用力斬斷門檻上那捆草，儀式結束。病期裡，大約整整兩週時間，每天傍晚，母親都帶我返回地磅站，外婆用鑰匙打開門，我們在夕陽光從小窗口竄入，浸在飛騰發光的灰塵裡，像一種隆重的開始，我們進行斬皮蛇的神祕儀式。儀式結束後，外婆會用纖柔的手，帶我回屋裡吃她的招牌水咖哩。

在那之後，地磅站幾乎不再開啟，四方形鐵板地磅上停著的車子，不是承載貨物來測重的貨車，而是各家所擁有的各式品牌名車，先抵達的人便能停在地磅上，所有人都能看見新車，像展示中心透明玻璃裡的展示車，都無可避免的映入人的眼中，進了外婆家之後，大家最初的話題也是地磅上的車，誰買的新車，有什麼新功能，而後是學校、成績，或者其他成就之類一切所能得以向眾親友展現的美好。父親的車，也就是我們家的車，甚少停在地磅上，一方面是我們從另一個方向過來，方便起見都停在外婆家後面宮廟前的一片空地，再步行到外婆家，另一個原因是，我們不太全家出動，住得近也不太需要開車。意外地，可以濾掉部分來自目光的測量，頂多留下保存期限不長的話語，偶爾被說「你們住得近，晚來又早走」之類的細微責備。

在目光或條件評鑑中，母親或許是姊妹裡不算嫁得那樣完美的一個，當年在相親場合認識父親，因為親友們都說父親看來是個勤奮的好男子，母親便將一生交付給平凡農家出身的父親，成為一位普通太太，卸下地主女兒身分。漫長人生旅程之中，父親也曾風光過，曾經擁有樓房與高額存款，但也為了手足親友，父親賣房又轉行，回到幾近一無所有，母親沒有怨言，只是城牆外的目光，並不如他們所想像。父親總說：「過去，大家攏看我無……」語氣帶著壓抑後的感傷和微微憤慨，那個「無」，不外乎沒有過多的財產、沒兒子、沒有厲害的頭銜……，父親在很長的歲月裡，始終抱著那個被「看無」的傷。

年紀尚小時我無法同感父親的傷痛，在年節或需要的時候，陪母親回娘家也是一種理所當然的必要，如同問題的答案一律要回答「爸爸在家顧厝」這樣的答案之必要，藉著家裡不能沒人看顧之由，合理父親的缺席。但也在青春漸長的日子裡，像小水滴一樣點點累積成輕細又難以訴說的感覺，大約在我長成父親結婚的年紀時，我才懂自己同父親皆為多思敏感的人，不僅能讀懂人群空氣裡的差異，也能嗅感出言語上的用玩笑帶過的細微酸氣。像是我曾就讀過某個排行後段學校，那時我曾被在學校校名後加上美人二字，但從語氣中能懂那「美人」才不是真心稱讚美麗，而是種被玩笑糖蜜包裹著的訕笑，無心的大人通常以為年少的孩子不懂那玩笑，但我只是與父親做了相同選擇，堆積在心裡某個位置，而並非不懂或遺忘。

「美人」這個稱讚，直到我考上大學或得了第一個獎後，才變成真實美麗，甚至遠遠超過客觀評價中屬於我的美，有段時間我被喚成媒體上完美女人代名詞那個女藝人的名字，被說我們長得好像，那樣的美麗，原來我擁有連自己都從未知道的完美，那種感覺非常微妙，好似一瓶微酸的氣泡飲料，開罐後放到隔天，沒有氣與酸，只剩下糖水，甜甜的，卻並不好喝。嚴格來說，那是變質。

取代關閉後地磅站測量功能的是人們的目光，他們用視線測量，在自我視線中，衡量出局限在自我認同裡的價值，測量成為日常生活裡的攻防，沒有人願意失去價值，只好削弱他人的價值。

有位親戚提及和太太初結婚時，被岳家看不起，在後來一生長遠的婚姻關係裡，他選擇大多時候缺席在太太娘家聚會，太太與孩子能隨心地回娘家，而他則固守在自己家。我才終於懂得為何父親也幾乎不出席母系家族聚會，以往出門前他會謹慎提醒，要有禮貌，必須要稱呼長輩，飯後記得收拾，別人提問時，要小心別回答不好，他希望我們能成為別人眼裡，值得被稱讚的好。而聚會裡人們口中轟轟烈烈的排行及沸揚的頒獎，說著各種第一名，炫技各種才藝，使我們成為沒有光的人，那種被放入黑暗裡的感覺，彷彿兒時常上演的某齣戲碼，原本孩子之間的玩鬧嬉戲，只要有人跌倒受傷，先哭的那方就能因為可憐奪得勝利，無論對錯，不哭的那方都像是個錯誤，是個加害者，被大人削去光亮，即使是星星也不會發光。

我沒有哭過，一次也沒有，兒時在面對目光的種種誤解或評論時，僅安靜以對。直到有能力為自己防衛後，才學會在父親看不見之處，悄悄地不失禮貌反擊。

在很後來，我已邁入輕熟齡時，回頭看那幾年的父親，為何事事都嚴厲或對孩子們各種的局限規範。無論經濟狀況如何，他都願意砸下不便宜的補習費用，只期盼那榜上能有孩子的名字。此外，在每個人際關係場合，必須遵守禮儀，宴席上要幫忙擺碗筷、倒茶，盡一切禮節，長輩未動筷子前，不能先夾菜，在散桌前也不能隨意打包。當然每逢年節也不得隨意收紅包，若收下了，父親便用一倍的金額回包。

我曾怨過父親各種嚴格，在日常裡只要有個環節未盡完美，便會遭他責罵許久，罵不懂事、罵沒長大，責怪你比不上別人家的孩子，再說說別人家的孩子哪有像你這樣，這樣的罵占滿青春年少。彼時，我以為父親只是如他因晚報戶口而可能被誤植的真實生日，顯示出是個處女座完美主義者，那般簡單罷了。如今再看看，才發現每種傷都像塵埃是堆積而成，直到我也在每場聚會裡，承受過多他人目光，以及飯飽後從他人嘴裡吐出的酸氣夾帶言語，即使無意競爭，卻要被迫進入排行榜上較量一波，才能從點點積累中懂得父親的傷，或許他的嚴，是不願讓我們也承擔那些目光與傷。

那些年以視線衡量我們的人都忘了，所有人生的評比，如同一場馬拉松長跑比賽，長長的跑程裡，不到終點，都有被超越的可能，越過終點線前，永遠不知道終究誰能成為勝利者。

在排行榜上爬得比較慢的我們一家，終於在愛畫畫的那個姊姊考上藝術大學後，讓母親娘家親友，和我們在高空旋轉餐廳吃高級自助餐，盤裡是地中海料理與高級生魚片。又或是眾人眼中更加慢熟的我，能讓當年在一片評分目光中給予我溫柔的外婆，和父母親同場參加我的頒獎典禮。對目光們來說，這神奇的逆轉，像某種儀式，或是突然獲得高級場合入場券，我們好像有些不同，父親終於能將車停在地磅站那塊四方形鐵板上，告訴別人關於自己女兒的種種，從無變成有了。

父親的女兒，開始會站成一陣線，抵禦目光攻擊，學會保護父母，那些施加傷害的人，到處說我們姊妹很「孬跤」，父親偶爾會擔憂，怕傳出去名聲不好，而我們早已長成不必被擔憂的倔強。

時間將我們推上排行榜後，無意爭戰的我們，慢慢讀懂了課本之外，現實生活中的遊戲規則。才發現過往看似過得很好的人，完美表象可能來自背後許多的不堪，在商場上對親友高額出售商品，竄改保單的獲利，或默默在無人知曉時，帶走了有價之物，只為了讓自己在他人目光中看起來過得好，因此別人的女兒高揚地舉辦海島婚禮，而我父親的女兒還在猶豫，該不該讓半退休父母花大錢替自己舉辦婚禮，同時為自己負擔每一分錢，不讓父母豢養。

當我們抓著稀薄的希望，緩慢向前行，漸從灰塵變成光的輝煌剛強，將堆積的傷累積成徽章。同時能接受也許生命有些不公平，但不會再恨，我們明瞭自己想往上的初衷，並非為得一雙雙目光的稱許，也不想成為評比中的勝利者，然後向眾人高傲地宣告，自己才是這段長跑評比的勝出者，我嚮往的是目光高牆外尚未被發現的自由風景，盼望能撫平父親的傷，讓他也有機會在聚會戰場裡現身，不帶著任何評比的口吻，訴說自己的孩子，放任自己的心不顧他人目光地飛揚，即使只有一次也好。

父親在越來越老以後，他大概也不怨了。

邁向老年的父親，面對人生路上總有像皮蛇般蔓延的人禍，偶爾仍隱約在皮膚深處的神經裡隱隱作痛，我願為父親在地板畫個圈，他站在裡面，朝向太陽，我以繞圓的方式敲剁圓圈，口中唸著「斬皮蛇、戴鼎掛……斬乎斷，你就跑上山；斬乎斷，你就跑遠遠……」的神祕咒語，記起地磅站裡一雙雙能準確測量的手上，那暖暖的溫度，然後用溫柔為父親斬斷過往的傷。

若有一日父親成為在地磅站裡，能測量出正確數字的人，我希望他能測量出的是愛，而非紛亂世界裡那些不了解的目光所挾帶之傷。

的角色，眼神透出絲絲點點的詭譎，過往這些雕像都用來傳達教育或警世意義，像是「倫理與道德」、「敬神」、「宗祖」、「權利與義務」……，這些早已隨著時代浪潮被捲走，成為時間走過後的一點遺跡。

樂園從風光到荒廢，父親如那堅守的牛與牧童，依然信守著人生理念，無法成為時代浪潮裡合群的一道浪。他對自己也對他人誠實，只是無法看透別人的不誠實，因為追求和平不計較，只能更勤勉，卻抵達不了富貴，而他的敬神與宗祖，被奉行科學的人說是怪亂與迷信，他不侵犯他人，遵守自己的權利與義務，但卻被他人搶奪與踐踏。從年少到老，父親從來沒有放鬆過，我曾偶然在親友家的舊相本中，發現父親年少有個野狼車隊，我揣想他曾那般追求速度所帶來的漂浮感，一種能暫且失憶的快感，在那些高速的旋飛之中，誰都再也看不清誰，每個人都不必被仔細衡量觀看，可以暫時失去他人的目光。

父親步入中老年期後，他心念著想擁有一片自己的土地，除了他嚮往田園生活以外，他期待他人眼光中的自己是有價值的。父親說要在那塊農地，挖幾個窯坑，讓別人可以來焢窯，或是也可以烤肉，後來他日日整地放土，撒下各式種子，那片園圃有許多蔬果可摘，父親說起這些時，彷彿他正在打造自己的迷你秋茂園，他願意辛勤地開墾與務農，希望那片地是能帶給他人歡樂之處。

過著半退休生活的父親，不需出門去做生意時，用盡所有的時間傾注於那片地，並搭蓋了休息棚和洗手間，也買了飼料餵起附近時常跑來相伴的流浪狗小黑，只差沒有建置小木屋，否則父親大概會過起田園隱居生活，生活在自我的樂園。父親沉浸於樂園的時光時，未曾預測過，他以為的「和平、誠實、勤勉」在他人眼中並不存在，原來外面世界的人所信仰的僅有「富貴」。大概是父親命運逃不過的波折，那片樂園地，因隔壁田主的將圍籬蓋過界，而起了紛爭，父親的樂園時光，被土地鑑界、調解會取代，一次又一次，他總是追尋不到他要的公平正義。而父親因焦慮與怒氣，也有段時間在家休養身體，無法再去樂園，同時心靈也落為失樂園般的低谷。

「鬱卒的時陣，就來去悟智樂園。」這句廣告台詞，在小學那幾年無人沒聽過，每個孩子都會唸，那一年我要求父親帶我去的新樂園，就是悟智樂園。一直到我長成不嚮往遊樂園的年紀，一次在父親說要去鹿耳門天后宮拜拜時，我才發現原來悟智樂園斗大的招牌就在天后宮的廟旁，甚至是相連的土地，從廟的圍牆就能爬過去旁邊的樂園，那年樂園向廟宇承租土地來建置、營運樂園，成為史上廟宇與樂園相鄰的獨特台南風景。

民國七、八〇年代經濟起飛時，尚不盛行出國旅行，遊樂園越來越多，每到暑假樂園總有蜂擁而至的人潮，但也在九〇年代一間一間逐漸沒落成為廢墟，樂園好像屬於嘗鮮或短暫享樂的地方，卻無法永遠被駐足。如今到媽祖廟參拜時，隔著圍牆仍能望見那些年許多孩子因身高不足無法玩的三百六十度旋轉，早已損壞，滑水道蔓生著雜草，沒有水流動，樂園必備的旋轉木馬，馬兒有些脫離了桿子，看似很自由，卻只是在原地鏽蝕老去了。

千禧年前後，許多曾經的樂園消失，成為廢墟。

秋茂園經轉手之後沒落，而後荒廢，淪為網路上熱門的鬧鬼試膽景點，再次上新聞時，是因有民眾申請勘挖，認為那片土地曾是日本海軍潛水艇補給基地，下面的隧道有戰後日軍敗逃，遺留下的大量金寶財物。始終沒有人知道，秋茂園是否成為充滿寶物，能一夜富貴的財地。現在沒有人會稱「秋茂園」了，漁光島取代它蛻變成為美麗的存在，藝術節舉辦期間，新聞的標題寫著「夢幻新打卡點！白馬漫步純白竹籤海，漁光島沙灘祕境變身樂園」，大概是因為荒廢了三十年，被時間遺忘的空間，沒有人記得它曾是一座真正的樂園，而非那年才「變身」為樂園。

秋茂園變成漁光島的美景與祕境前，那次和父親的造訪，我望見過去我最喜歡，兒時只能遠望像自動旋轉的鞦韆，名為天女散花的遊樂器材，當時座椅像風吹起舞般旋轉飛騰，坐在椅上的孩童們滿是笑臉，尚小的我，僅能用眼角餘光羨慕。如今不僅荒廢，而且底下已是一片海水漲潮，海與樂園已無距離。

現實生活中父親的各種人生迷途，使得我們再也沒去過遊樂園。記得父親在事業發達風光時，帶我們出遊的是走馬瀨農場或大崗山，而非任何一座樂園。

也可能那只是一場夢，父親不記得我們曾抵達荒蕪且融入沙灘的海水秋茂園，我卻僅有一個薄弱的畫面，無法讓證據說話，但那場很美的夢，會永遠駐足在我內心中的樂園。

也許我們從未抵達任何一座樂園，但我知道父親會創造出比幻想更唯美的樂園，就在漸漸能拋開自己的彼方樂園。

光的所在

我喜歡陽光，但討厭直接曝曬在太陽下。

孫燕姿在〈完美的一天〉中唱著：「我要一所大房子，有很多的玻璃窗戶，陽光灑在地板上，也溫暖了我的被子。」好幾年間，我試圖在找一本小時候的童話書，書名完全不記得，但封面是森林裡的透明玻璃屋，像一幢別墅，外面爬滿了如黃金葛般的藤蔓，那是令我嚮往的房子。但我始終找不到那本書，也依然想不起名字，無論我用什麼關鍵字搜尋，那玻璃屋依舊只存在遙遠的記憶。後來我曾在韓劇中也見過在海邊的美麗玻璃屋，有點類似童話書封面，卻又不是那麼明確。

透明的玻璃屋，在午後陽光灑落時，肯定很溫暖，整個空間裡都充滿陽光的足跡，令人憂鬱不來。有陽光就會是幸福的。

最溫暖的陽光是透過樹葉或玻璃照進空間。寒流來時，我在老公寓靠陽台房間裡，沒人睡的那張床，堆滿雜物，像在森林裡以手臂用力划開過高的草叢，我撥出一個小空間，將幾個汰換下來的沙發坐墊組成一個單人床位，後面枕著還套在收納布套裡的兩顆蓬鬆大枕頭，蓋著被季節暫時汰換的薄被。享受背後落地窗穿透進來的午後陽光，一邊啜飲著保溫杯中的熱奶茶，讀上幾頁小說，看了十幾分鐘後，框不住的睡意襲來，我在亮晃晃的陽光中暖暖地睡著，不用聞嗅夜晚水氧機安神、舒眠的精油香氛，也沒有厚棉被包覆，僅有落地窗外透進來的陽光而已。

曾經在看過開箱土耳其人房子的影片，才發現原來土耳其人喜歡陽台，每間房子至少有兩個大陽台，大陽台用透明玻璃窗包圍成封閉式空間，窗開時能迎風曬太陽，他們不在陽台晾曬衣物，反而在空間裡鋪上地毯、放置大沙發和幾盆植物，在陽光中享受下午茶，甚至熱愛在陽台享受早餐，開啟溫暖而美好的一天。

兒時我也那樣熱愛陽台，留下許多在陽台玩衣架的照片。我一向記憶力佳，許多久遠的過往與那時的細微感受，都還存在腦中的記憶底片。學齡前，與我年齡差距不一的姊姊們，早已過著日日晨起上學的日子，只有留下我與還是幼嬰的弟弟，母親每天在陽台用大鐵盆洗一大家的衣服，我偶爾會進去踩幾腳。衣服掛上竹竿，我便在其中穿梭逡巡，用一匙靈洗衣粉的湯匙，為陽台植物澆水，觀賞那綁在陽台隔架上的蘭花盆裡的蟲子，我還記得陽台最大盆的植物模樣，隨著季節變化顏色。有了洗衣機後，玩躲貓貓時會將身子縮進機器肚腹中，因為恐懼黑暗，還不能將摺疊蓋完全緊覆，必須露出一個縫隙，讓陽光穿越成一線微光。

年歲上升後，有段時間我避著陽光。

離開台南老家，來到離海遙遠的城市，住在陽光透不進，潮濕又不明亮，因地震損壞結構，導致隔音效果差的老房子裡。最初我的房間並沒有窗簾，夏日的西曬惱人，聽說窗外透進來的光仍會加深膚色流失青春，於是我在布窗簾後疊加上遮光布，出門時也開始用起有銀布遮陽傘，拒絕陽光侵襲。

還不太在意許多事的年紀時，我會頂著炙陽出門，不顧成年長姊們警告著說：「妳以後會後悔的。」恣意地抗拒任何令人感到麻煩的遮掩。然後在夏日的深夜出門，與朋友結伴騎車至墾丁，一路從黑夜到陽光直射的白日，看太陽從海的那端升起，天的漸層開展。因為穿著短褲，那段旅程我整條腿曬成兩個落差極大的色階。恣意的代價是用過無數條蘆薈膏去舒緩因曬傷而泛紅的臉，還有後來再也不夠白皙的膚色。

那幾年，會有親友見了我笑說：「怎麼曬成這樣？黑得跟什麼似的。」當然在青春期的聯誼場合，我頂了一頭孫燕姿短髮，分不清染眉膏或睫毛膏，沒有一點妝扮，穿了一件膝上半截的牛仔短裙露出曬黑的腿，以為那已經夠美。那年唯一留下我電話的男同學，他留了所有人的聯絡方式，並被其他人說：「幹麼跟她留電話。」結束後我對著邀約的同學說，我再也不去。那個情景不知為何，經過了多年我仍未忘記。

曾經我總是直言不諱，喜歡把一切都說得清楚明白，白是白天的光亮，而黑就是黑夜的幽暗，那樣理所當然，自以為世界是如此。當偶爾腦中時鐘逆轉，忽然想起，恣意的年紀裡，我和姊姊之一在陽台房間那扇門前爭執，我站在房間內，她在房外的走廊，彼此對峙，她說：「妳在理直氣壯什麼？」並教訓著說話不夠禮貌，逾越順序界線，而我尖叫著說：「妳憑什麼這樣對我？妳以為妳是誰？妳以為妳很懂我嗎？」最後是一個巴掌，熾熱地在空間裡響起清亮聲，我的臉頰發燙，那幾年總是這樣過的，衝突、爭執、尖叫、甩門，夾雜幾個巴掌，因為彼時我認為除了自己之外的所有人，都用他們的方式輕易解讀我，但那卻不是我，即使我掏出自己來訴說，依舊沒有被理解。每次我都倔強地沒有哭，一如後來的十年、二十年我不輕易在他人面前留下臉頰淚痕。

離家多年後，眼下蔓生出細紋時，我也漸漸學會不完全地打開自己光亮的部分。

一個人時，我喜歡把整個屋子裡的燈都打開，沒人睡的房間也不能暗著，明亮會讓我安心。但有好幾年間，我開始喜歡躲進黑暗裡，在下班後的深夜裡站在陽台晾衣服，觀察對面大樓哪戶的燈光未熄，以及夜歸以為巷弄中無人，而自適地哼歌打鬧聊些八卦的路人，甚至為附近傳出哭泣吶喊的孩子撥出報警電話。夜裡的安靜，讓我不斷將睡眠時間延後，沉浸在夜晚的黑中，想努力消耗整個沒有他人，只有自我的夜，作為一種逃避。然後繼續在凌晨暗夜裡，敷著美白面膜，一面打下各種草稿，確保那些工作訊息或語言文字裡，該禮貌該委婉之處，皆完備。

房間因遮光布遮擋，白天仍是暗的。那些不順遂，像是被老闆欠薪、工作減少有了金錢壓力、追逐實現不了的願望，同時又與家人爭吵，還忘記帶鑰匙出門，或你愛的人不愛你了，覺得每天都是水逆的時候，想打電話和朋友抱怨生活，怕被門外的人聽見，而在生活裡起了不必要的紛爭，只好躲進衣櫃中，帶著整包衛生紙，用力哭著，我知道這個黑暗的長方形空間會容納我，那些眼淚與啜泣聲都會被封鎖在黑暗裡，悶熱、陰暗、空氣稀薄，卻有無比安全感，哭到鼻子阻塞，換不過氣來時，才打開木製衣櫃的門，日光燈的光線會射進黑暗裡，空氣也進來了。

走出櫃子，躺在亮晃晃的日光燈下，被桌邊檯燈照射著，重新調整呼吸，喘氣，知道自己能夠繼續走到下一段日子。只要安安靜靜地就好，如同夜的安靜與黑，不被看見，也許也沒什麼不好。

老房子曬不到陽光的角落，時常蔓生霉斑。房間的牆壁因潮濕長出壁癌，白色漆成片成片掉落。我將透明的塑膠布覆蓋上牆壁，上下用膠帶黏起，承接著碎落的漆片，那是時間的失落。

後來我一直想搬家，買不起房子，只能在深夜裡獨自瀏覽著租屋網，我嚮往有個透光又不濕冷的安身之處，讓自己能更加自在的空間。大多的單人套房沒有陽台，陽台是需要加價的商品，但我如此需要一方自己的陽台，一直沒有那個適合的地方，能讓我移動，只能繼續窩居在老房子裡，至少這裡還有個陽台，即使總是在關門時手因不小心碰觸門上破出的鐵紗網而嚇一跳，那紗門老舊時常脫軌而出，必須重複將它卡回軌道，生命都有一條被規定好的正確軌道，偶爾失序能被容忍，卻不能完全脫軌。

老房子潮濕，有時候無法準確判斷出明確氣溫，冬天時，我常常起床第一件事

留著再也不聽只能蒐藏的CD，還有每段求學歷程的銘印，也許是畢業紀念冊，或幾疊小相本跟紙條之類的雜物，更有誰婚前戀愛往來的紀念。偶爾父親會獨自在夜裡，享受空間的安靜，留一盞檯燈在廊道盡頭看書，父親有空才進書房，累了便離開，沒有過多的停留，櫃子裡的一切都如真空般被舊舊地保存。

陽台房間空了許久，這幾年越來越成長，擁有我們家長相加上另一個人輪廓的孩子們，開始在午後進駐那裡，他們會將門鎖上，開始翻閱起誰的青春，誰的過往，以及祕密。再次將被遺忘的我們，重新拉出來曬太陽，於是我們都笑了。

有時候會想，是不是走著走著，我們都變得不夠明亮了？

離家後，當然我沒有擁有明亮的房子或自己的陽台，老家的陽台成了書房後，曝曬的空間縮得太小，不夠晾曬自己。

此後，誰都只能成為自己的太陽，才能走下去。

尚未崩壞的地方

年節時，父親的友人來電，忘記什麼原因，說要趁小年夜聯絡他，不然怕他出門不在家。全家都對父親說，這位朋友太不懂你，因為你根本不出門。

不知道從何時開始，父親沒事便不出門，母親抱怨有時在家裡，那些煮飯的油鹽糖或醬油沒了，要請父親騎機車兩分鐘路程的全聯超市買，父親也不太願意。

母親不煮飯的日子，父親也不太買飯，我們全家出遊的家庭旅遊極少，大概是一隻手數得出來的數量，全家出門聚餐機會比較大，除了偶爾做生意，會到其他城市過一夜之外，父親極少長時間離家，他總說可以留下來顧家，反正日常裡他若不外出做生意或去田裡，他可以打掃家裡，處理各種家事，在掃地機器人運轉時，他在另一端拿著掃把掃地，然後獨對電視機一整天，他從不感到無趣或無聊。

其實這都沒有關係，麻煩的是母親若要出遠門，又沒人能替父親張羅三餐時，便會擔心不外食的父親沒東西吃，多年來深居在家的父親，幾乎沒有自己出門到灣裡鎮上買飯過，他印象所及之處，絕對都是老地方，或是開了二十年有的老店家，鎮上新開發的地區他幾乎不太熟悉。

不斷回想父親從何時成為一名宅男，不廢也不肥，他只是不喜歡外出。追溯起來，大概這也是某種創傷遺留的症狀，在不可考的多年前，父親轉行從事商品的買賣，生意日漸起色，卻被客戶店裡的員工，夥同男友及友人，一路尾隨父親的車到家門口，趁著父親下車開鐵門時，想將整台車開走，然後將車上有價之物變賣。在破案前，母親擔憂得因過度換氣暈厥，父親必須面對在與對方搶奪汽車方向盤時，意外撞上的另一台汽車車主的提告。

那一週間，我們曾以為日子就此會崩塌。

日常時間全都慢了下來，即使一切終結，父親也好長一段時間不敢做生意，他和母親在家的時間變得相當冗長。不是很確定，父親是否從那時起，成為熱愛在家而不愛出門的老宅男。

父親不愛出門，卻仍有許多親友認識他，像是我博士班入學那年，申請灣裡大廟萬年殿獎學金，需要家長陪同領獎，他陪我提早到場，四處都有人喊他的名字，朝他走來，打招呼兼握手，廟前廣場熱鬧的人群中，有許多都是與他相識的人。這年紀聊的不外乎近況，還有沒有工作，兒女們的成就，有沒有搬家，以及共同認識的人的狀況與八卦。

大多數的人也都知道父親住在「鐵仔廠」，對於疏於聯繫的友人，父親會解釋已經沒有做廢五金了，早已經轉行做別項，但還住在那裡，有閒可以來泡茶。

灣裡近年因快速道路開發，大多數以前和父親相識的朋友，或是他老家鄰居，即使還住灣裡都紛紛搬新家，而我們一家依然住在「鐵仔廠」。

大多數的人，也都會以「鐵仔廠」來稱呼我家，即使工廠已不營運多年，早是純住宅。

這是父親搬出起家祖厝的第二個家，在此之前還有一個較小型的工廠，姊姊們在那出生、成長，她們稱之為「舊廠」，直到我出生，才搬遷到現在這個與我同年的房子，外面的半戶外空間，是過往囤廢五金料的地方，如今是停車場與孩子們玩耍之處，也是常用來烤肉的地方。室內空間，也早已經變為住家的樣子，不像過往，飯廳與客廳共用，還擺了一個父親的帳桌，上面有個玻璃櫃，裡面擺著兩個小秤，兒時常好奇拿來隨便亂秤玩具。

據說房子與我同年是因為，我出生為父親第五個女兒那年，父親做了一筆大生意而買下的房子，那年正逢解嚴，大概也跟邁向自由有點關係，父親的事業也起飛。於是我躲過作為多出來的女兒，可能會像商品般被轉手的命運，留下來與這幢房子，一起慢慢成長、老去，擁有一樣的歲數。

小學中期，父親轉行，工廠正式轉型為住家，原先客廳的水泥地鋪上大理石磁磚，大房間的機台被撤出，變成木質地板，成了日常的睡房。

正當我成長，面臨每個人生階段的傷害時，這座鐵工廠房子的內部也逐漸壞損，中學時屋頂會在颱風天或大雨日漏水，房間要擺上好幾個臉盆或水桶，伴著水滴聲睡去，大學時期，需要先轉送風三分鐘，再扭轉為冷氣模式的工業用大型冷氣機再也不冷，碩士班時，衣櫃門卡榫老舊脫落，每回打開衣櫃門，那門就像在風中飄搖，近幾年房門的喇叭鎖在上鎖後，輕輕將門板一推，還鎖著的門便輕輕開了小縫。

彷彿生活日常，當人習慣了空間與日子，甚至是時間的速度後，在不注意時會被開了小縫，有些關係老舊了，也會壞掉。

有過一兩個寒暑，父親手足的孩子寄居在家裡，彼此因為熟悉，也沒什麼隔閡，大家就像同一家人生活了幾個月。而後幾年在同樣的地方，父親與手足因為借不借錢的問題起爭執，往後幾年房子裡毫無他們的足跡。也有母親的手足，兒時一週好幾天到家裡來共吃晚餐，我們曾經疑惑，卻也不敢多說什麼，在很後來的幾年，那人的現身，僅有收保險費時才出現，再更後來，離如今很近的年歲裡，她和母親又為了保險糾爭在客廳裡談判，最終母親直接切斷了兩人所有聯繫，決定此生不再往來，於是這房子的足跡，越來越少，也越來越多。

近年父親能被神附身，因為要救世，而開啟的免費問神會，也帶了許多陌生人，有些人會停留下來，成為這房子裡間斷出現的人情風景，但也不少短暫來去的陌生人，他們因為獲得而離開，而父親則因為失去，而無法離開。

父親曾有過別的房子，但為了拯救他的手足，最後選擇將房子轉手，當年父親想著，鐵工廠應該還能住許久，置產的新房子先賣了應急，沒想到後來我們真的沒有搬家，也無法搬家，那個「無法」不單是金錢考量那樣簡單，或許更多的是情感，在這房子裡發生太多事情，鐵仔廠與我長大、成熟，與父母一起變老。

有時候，老老的也很好。

屋子裡許多的物件都在更新，尚未完全壞去的老物仍在，新與舊存於同一空間。

小學時期父親替我買的第一個書桌，除去當年擺在上方的書櫃，至今仍在使用，母親當年的木頭梳妝櫃，雖然表層木皮已斑駁，也沒有被遺棄，看起來至少有四十年的老衣櫃，裡面仍藏著許多母親在重要場合才會穿的洋裝，父親的訂製西裝，抽屜裡留著我出生時的認神明當契父的拜契書，父母的婚照，以及每個孩子的算命紙。而因為老舊壞損，換了幾次同款的市內電話機旁邊，仍掛著十幾年前家裡剛買印表機時，打字列印下來的通訊錄。

通訊錄表格內的人，有些因為糾紛或爭執失聯，或是那裡面的稱呼早就因關係而改變，也有的早已不知道換成哪組號碼的人，其實都是再也不會撥打的號碼，只是成為一種習慣似的，那張紙始終貼在牆壁上。幸好主要家裡的成員，父母親與六個孩子的號碼，從未改變，都是同家電信的老客戶，大概用超過十五年，也走過了這「鐵仔廠」房子近一半的年紀。

在這裡，父親換過幾個職業，嫁過三個女兒，抱過幾個孫子，也和他與母親的手足、友人各自糾紛、爭執，經歷各種喜怒。

無論日常裡各種人事、關係，甚至是時代變化，附近的新房子蓋了多少，或經歷過幾次的大地震與颱風，這個鐵仔廠，依然沒有壞塌。一切物件，父親總是修了又修，或是一再隨著時代的進展而更新，終究它依然是個完好的模樣，仍然像鐵一樣堅固，無論發生什麼事，這個房子都會接納、包容我們，給予堅強的保護，彷彿它也是撐起一個家的父親似的。

記得Switch遊戲機中，有一款超級瑪利歐派對遊戲，裡面有多達八十種的闖關小遊戲能挑戰，多人遊戲時，則是需要一起合作才能破關，其中一個小遊戲是必須輪流用大砲，摧毀敵人用積木蓋起的城牆，在時間內先完全擊倒敵人城牆的才能獲得勝利。

住在「鐵仔廠」的三十幾年裡，我們一家就像在玩派對遊戲，我們全家都是瑪利歐，必須經歷一個又一個的關卡，要挑戰成功才能不被擊倒，而遊戲結束之後，即使勝利也必須面對被敵人毀損的部分，一次次的修葺，將那崩壞的部分再重新蓋起，讓人與房子都成為無法被摧毀的堅固。

每當我過一次生日，鐵仔廠便會又老舊了一些，但我們始終沒有背棄彼此，我一直相信著，這裡會永遠是那個尚未崩壞的地方，在我心裡鐵仔廠是永遠不會腐爛的家。

看海的祕密小徑

從小鎮中心再往邊陲去，有幾條路一直走到底就是西濱公路，通常我們會沿著小鎮裡的日常小路，再轉出去，面對大馬路，就能在西濱這端，隔著車道遠望海。

但我極少直接從西濱公路到海岸端，畢竟自小父親就說大馬路危險，除了開車以外，盡量避免沿著西濱公路走，大多時候父親也說海邊危險，尤其暑假期間逢農曆七月，擔憂藏身海水間那些數不清，透明得看不見的溺水靈魂，充滿憂傷，往往在鬼月現身意欲抓交替，所以萬不可自己到海邊去。

即使如此，我依然瞞著父親，找到了自己的看海的祕密路徑。

要說祕密，或許也並不那麼隱密，但那是我私自認為屬於我個人的路線。有段時間我喜歡自己獨處，在無事的下午，能夠獨自騎單車四處亂晃漫遊，一次意外從工業區附近的一片住宅區後面，有條未曾走過，看起來遙遠而筆直的路，路的兩側一邊是工業區最後方的圍牆，另一面則是有個像堤防的斜坡，然後也是一段長長的圍牆。

我特別喜歡那段斜坡，那曾是我遇過最長的一段坡，我總會騎著單車有點逆風的賣力騎上坡上的平坦路，再從有段距離處，從坡頂急速直衝而下，享受著速度的刺激感。一再重複著逆風上坡，順風下坡，我在阻力與推力間來去，最後一次上坡後，通常我會選擇短暫停留在坡頂平面後，再順風而下，讓風將我與車推往離坡更遠處，便會離盡頭的海岸，更近些。

那時我確實尚未明瞭，原來人生也總是在阻力與推力之間進行，在辛苦的緩慢上坡後，總是需要多點停留喘息，畢竟下坡總是來得那樣快，快到有時候連單車都會失去控制，所以我偶爾在速度快要超越負荷前，會輕按煞車，讓速度微微減緩，但不至於過慢或停滯，因為我需要下坡將我推向遠處，使騎車的力氣能稍緩而輕鬆些。

過往騎車從祕密小徑要通往海邊，大多是在低落時，畢竟所有的求學階段，對我而言都是個困境下坡，那個坡太長，長到以為是沒有盡頭的下陷，也有似乎找不到停止點的責備與不理解的言語。只是在這個下坡裡，也不會只有我一人，父親也在其中。

孩子多數時間，不會明瞭大人的困境，如同我和父親在各自的困境中，同時也各自不理解對方。

父親還在經營鐵工廠時，母親也要忙著打理廠內的事，或照料工人，需要用到錢時，通常母親會說直接從她櫃上的皮包拿，皮包裡通常有許多藍色與紅色鈔票，跟一堆零錢。在什麼還不懂的年紀時，我曾因為皮包裡只剩些許一元零錢和藍色鈔，而拿走了千元大鈔去買思樂冰，那找回的紅色鈔票與零錢，對當年的我來說相當可觀，我將錢放入用投幣機轉出的塑膠盒裡，小心地收納。天真的以為母親皮包裡，永遠能有藍色鈔票，能換來更多的鈔票與零錢。在幾年後，卻只得到了母親僅剩零錢，偶有一兩張紅色鈔票，於是越換越小的錢包。

那顯示出父親也在他人生的坡道，上了又下，下了又上，許多時候為了他人，主動地或被動地成為坡底的人。而當然外面世界的人，沒有人會理解父親，也不會有人施予安慰，頂多是得到許多他人各種視線的目光。

他總是會擔憂我的未來該怎麼辦，說現在也不像舊時還有牛能放牧耕田，讀不好書能做什麼？又或者他時常在我面前，說著誰家的孩子多好，多麼優秀，或是在和親友談起來我來時，他會說：「阮這个無法度啦！」太年幼時，我聽不懂語氣是謙虛，還是真實的無奈，只是那些言語對於年少的我而言，都像把能刺進冰磚裡的錐子那般尖銳。父親並沒有發現，那段時間他正用世界對他的方式與目光，對待自己的孩子，在我們衝突延伸上頂端時，我也回他，既然覺得別人家小孩那麼好，不如去養別人的小孩好了。

話畢便衝出門，往熟悉的祕密小徑去，在幾次的坡道飆速後，通往筆直路的盡頭，去尋找海，有幾次我甚至渴望那些憂悒的海底靈魂，不如把我帶走吧，尤其在那些每逢升學考試後的暑假，我都會不顧一切地奔向海，可是卻什麼也沒有發生，甚至轉頭才發現，背後就是海巡署的海巡隊，說不定真的將自己沒入水裡時，還很快就會獲救。但另一個念頭是，我若什麼都不說的沉入水裡，真的被抓交替走了，那麼外面的人會如何看待父親，可憐他有個孩子意外溺水而死，還是用著紛擾的語言說他的孩子自己選擇死亡，而回歸最原點，我也是不敢完全進入海裡的，可能只是種本能地怕死。我只是獨自在堤防或沙灘上，靜靜地流淚，也有時看看四處無人，便放聲大哭。

隨著在斜坡上上下下，然後到海邊大哭的次數越多。後來也漸漸能懂父親的語言，是種「希望你好」但不知該如何用溫柔語言去說，因此總會變成他說，那個友人的孩子多年來想考台大醫學院不成，先去當兵之後，在軍隊裡寫了篇媽祖與母愛結合的文章，還被刊載出來。我僅以「喔……」來回覆他，但似乎能抓到語句浪裡，父親內心真正沒說的，於是我開始投稿，偶有神佑或幸運的時候，能讓他也能參加我的頒獎典禮，讓他也能帶著那些得獎合集，在有我名字的那頁，壓下折角，夾進一張紙。

我始終在等待那些，可以自在的上下坡，承受生命裡某些停留，而非往往要沿著看海的小徑，去到無人的海，用力哭著，年年為海洋又增加鹽分，畢竟鹽分過鹹也會變成苦。

若要讓父親不再說出尖銳的話語，而我不再被刺傷，不需要每次看海都是哭，我選擇盡可能讓他能在外，也能曬曬自己的孩子，即使是外人不太懂的，或對自己來說那微小的事，只要能感覺是好的，我盡可能讓父親能分享。

也在過了某個年紀後，能漸漸懂父親的尖銳，或許是整個環境或外人的語言，讓他變得不夠圓巧，也可能他在替我打預防針，用盡可能的嚴厲，避免到了外面的世界會更加受傷。他想擺脫外界看他的低目光，所以拚命地要攀到上坡，偶爾的下坡與停留，卻沒有人能懂，因為我像他，我也在努力攀爬，讓他不再說，自己不再哭。

當我抵達最後一個學位時，父親當然開心，但幾年來他和以前不同，他不太關心我何時畢業，或談起他人的孩子，他書桌上除了命理通書之外，還有幾本收錄我作品的合集。

有許多年，當我回老家時，我和父親總是為了在哪面會接送，在電話裡細細比對話語中的位置許久，他不記得幾號出口，他的方向是東西南北，而我只認指標上標示的出口號碼，他常說送來搭車就是在東，來接妳就在北，並唸我怎麼分不清東西南北。而近年我終於能夠大約判斷出，他口中的方位，順利搭上他的車，在前往回家路上。

某次父親從高鐵站接我，父親問我：「妳寫文章，攏是咧寫啥物？妳講乎我聽看覓。」我支吾著不知道該怎麼解釋，就回他寫了他與神的事情，如此而已。我沒有說謊，確實是不知道從何描述，也怕我們因此再有什麼衝突。

每一次返家，然後將要再離家之前，我總要去看海，沿著我多年來習慣的祕密小徑，只是我不再愛那個斜坡了，不需要上下間的速度感了，我已找到一個平穩速度，可以緩緩地走向盡頭海的方向，看海，只是看海，看著黑色海水，踩著一定節奏，在進與退之間，在海風裡聽海的聲音，讓心變得更穩定。

我和父親幾乎沒有一起看過海，我們明明離海那麼近，卻無法一起抵達，我想起他一次到海邊去，是為了地方要蓋污水廠而抗議，當時他也只是到對面的防風林，沒有真實地踏到海岸。

我想和父親到達的地方，並不是坡道，而是寬廣的海，在夕陽下能展現出各式光彩的黑色海潮，照得我們更光亮，更廣闊。

小公園

小鎮因快速道路開發有了些不同的變化，許多小空地，皆成了公園，家附近一個轉彎處，那裡現在是一座公園。沒有圍牆，開放式的公園，下午與傍晚時分會有許多散步人潮，或帶著孩子去溜滑梯，也有人遛狗、騎車，而晚上就剩看起來失意的中年男子喝啤酒。

這個公園，在記憶裡最初是個撞球店，每次經過僅能以餘光偷瞄的空間，因為被父母說孩子禁止進入不良場所，因此我一次也沒有進去過，只有偶爾到對面楊麗花檳榔攤替父親跑腿買香菸時，偶爾能遇到從撞球店來買菸或檳榔的人，當然我並不記得那些大人或少年的模樣。但我始終覺得他們是很獨特的人，畢竟那時靠近這一帶的住戶，與現在相比少了許多，傍晚漸散去的下班人潮，讓這一區就像個荒城般寂寥且靜謐。

而撞球店燃著亮光到深夜，讓我在晚上騎車回家時，能感到溫暖，若沿途路燈太暗，我總會將腳踏板踩得更快，往往到了那裡，我就覺得有種明亮的安心，即使父親時常叮囑不要靠近那裡，但撞球店的存在，與門框擋不住的嘈雜，對那幾年的我，彷彿一種照亮。即使後來成了公園，只要未到凌晨熄燈時，公園又以更明亮的方式，為我回家的路途打燈。

我喜歡公園，兒時我常獨自在公園裡，度過整個午後無事，孩童所擁有多到滿溢的時間，我都想把一切時間拋擲在公園。最愛去公園的年歲裡，父母親都忙著家裡廢五金工廠的事業，大上好幾歲的姊姊們，都在不同的年級和學習階段，弟弟還是幼兒，我成為自己的玩伴。

公園裡，能看見許多學騎單車的孩子們，一路搖搖晃晃騎著，通常是父親跟在後面，或輕輕拉著後座，直到孩子騎穩了才放手。長大後，有一回，我在家前轉彎處那個公園遇見小學同學，她和父親兩人挽著手在公園裡散步。

無論是前者或後者的畫面，我和父親都不曾擁有過。父親不常出門，就連離家不遠處走路或散步就能抵達的公園也是。我在幼稚園大班時，父親開始讓我學騎單車，從兩個輔助輪到全拆，父親讓我家裡工廠的半戶外空間，來回騎繞，所以兒時我並不知道在公園騎完一圈或走完一圈，那種自得其樂的意思的感受是什麼。成年後，父親的日常漸固定，他或許喜歡家空間裡，那種包圍所給予的安全感，而公園是個全然開放的地方，需要和他人共享，或是必須介於觀看與被看之間，所以也不曾步出家門到公園走走。

或許是遺傳自父親的關係，某些時刻，我也對於被觀看有些恐懼，因此我偷偷藏有一座不開放的公園。

忘記是如何發現小公園的，或許那是姊姊們早已發現的祕密景點。在我學會騎腳踏車後，那個公園常常是我的隱藏版基地。小公園隱身在一片工廠區裡，四周都緊鄰工廠，沒什麼孩子會發現那個空間，加上沒有遊樂器材，是個幾乎沒有人會踏足公園，小公園像房子一樣，是方形模樣，除了大門口之外，其他三面都被鄰近工廠或房屋的牆面包圍。

由於入口處的大門幾乎是長年開啟，我通常將單車停在門內與階梯間的空隙，再沿階梯而上，正中間有棵綁著紅布的大神樹，樹前有香爐，雖然看不出有太多香火痕跡，但公園裡一直都很乾淨，好似有人會不定期去打掃。通常我會在禮貌性地用手拜拜後，將整個公園繞過一圈，也可能是兩圈，或更多的圈，單調無趣，但我喜歡那裡可以不被觀看的恣意，想重複繞著神樹多少圈，都不會被發現，可以自在地享受繞圈後微微的暈眩感。

兜完圈，再走去公園側邊一處小樓梯，坐在階梯上，看一旁池裡的魚游水，然後繼續走訪小公園裡的各個角落，進行一場獨自的小探險。

置身於小公園，始終讓我感受到安定感，不被打擾，也不會危險，且無任何恐懼的安定，大概是因為小公園的神樹與香爐，令人連結到神可能也曾在這裡，即使我從未見過有人來此拜拜。

當我不斷越過每個不斷加一的年紀，小鎮的景物也在無法抗拒之中有了變化，而小公園卻沒有消失過，沒有任何改變，與童年記憶裡的百分百相符合。後來仔細讀過小公園裡石碑上的字，才發現原來它有個名稱，叫作「紫竹園」，確實小公園角落多處植有相當高的竹子。

小公園並不是一般認知中的公園，也不是廟宇結合公園那種複合形式，大概是我私自將那個空間當作公園，但無論如何我喜愛它獨特而奇妙的存在。

往後的許多年，在離家與回家之間來去，看過的公園更多，還曾看過公園演唱會，但沒有一個能比小公園更令人感覺安心，我不斷在回想，小公園究竟有什麼魔力或特殊處，讓我如此留戀，它只不過是一個藏身在隱密處，彷彿是個不太哭鬧的孩子，常常被忽略、不被看見，也可能不太被當作公園看待的地方，某些時刻才被想起。

像父親的命運，或在父親之內的這個家。

記得小學畢業紀念冊後方的通訊錄，我家的地址就與大多的同學地址的組成不同，因為我家在小鎮邊陲，極少數住家會在這一帶，地理位置彷彿注定了我們的邊緣性。成年前的求學階段，我幾乎都有人際關係問題，而父親則是和手足之間，時而近時而遠，直到邁入老年，他們仍有不斷冒出無法完全杜絕的問題，最後父親主動選擇將自己放到離一切最遠的位置，不再聯繫，不再過多的關懷，無論血緣濃淡，都成疏離。

父親常說，那是他們上一輩的問題，希望下一輩的我們，不要受他們影響，可以像兒時那樣和睦。這個來自父親的期望很小，只是成長後，大家都在各自的看與被看之間定義他人，終究在落差之間，彼此守著各自的家，成為新的疏離。

不太清楚為何小公園仍安然地存在，在小鎮一片都市計畫變遷中，依然在小鎮隱密處裡倖存下來，多年來維持不變的狀態，沒有落入拆後被新廠房取代的命運，畢竟在金錢或利益是極難被拒絕之物。

疏離有很多類，還有一種是禮貌的疏離，做足表面禮貌，保持好安全的社交距離。有些社會地位高的人，在喜歡各種情勢上占盡上風，期待有天我們能請求他幫忙，於是不斷用言語或姿態攻擊、傷害，試圖以某種方式激怒人，破壞原有的安穩，證明站在高位的他是對的，若是被拒絕，則換來他的憤怒，以及更多語言傷害。

那些憤怒難過的時刻，父親與家人，都選擇安靜地讓時間走過，通常我會離家到小公園裡，獨自待上整個下午，直到平復內在的難受與憤怒。而那些人，在漫長的時間裡，無法破壞我們的寧靜，當然也不會認錯，只是會漸漸明瞭，有些東西，既無法破壞，用利益也交換不來。

過往獨自在小公園玩時，偶爾會感到孤單，但又倔強地想守護那個私自的公園不被破壞，因為我認同這個空間，期待這裡專屬自己，害怕曝光後的幻滅，於是仍舊選擇獨自一人。小公園就這樣默默地存在於日常，在滿是工業機械吵雜與惡氣之間，保有它的純粹與靜謐。

也許與一般所認知的公園不同，但所有的評比，都是隨個人定義決定，無論最初興建的背景是什麼，它就是我心中最美好的小公園。能暫時將不想面對世界的我，好好地藏納起來，直到我能重新從大門口，再走出去的時候。

風若吹

每到春季，南部開始透南風，家中便開始出現反潮，大理石地板及牆面都凝結出水滴，有潔癖的父親總要用乾布在地上、牆上，擦拭著惱人而多餘的水滴，好讓屋子恢復乾燥潔淨。

大約是天氣懊熱又潮濕的關係，人與人之間也炙騰，許多事情與人和人間的關係，都彷彿貼上一層水珠而模糊了邊界，又日漸蔓生出霉斑，霉根便潛伏在看不見的深層。

潛藏的糾雜與紛亂時常在此刻出沒，像春天的花粉令人過敏難耐，大約是隨著春回暖的氣溫與南風吹過來的吧。那南風彷彿也吹著命運，不知道要往哪裡去，如同那些難以控制的反潮水珠，命運總是無法按照自己想要的軌跡。

隨著年歲漸長，也在許多日常裡，全家人一起經歷了各種沒有神光照耀庇護的時刻，我們跪在神前不停地燃香與祈禱，只盼望神會在這裡，為我們帶來希望。父親一生過得辛苦，不斷為他人著想、付出，並且無限地接受，那些對他使壞的人，後來都活得更好，但他依然沒有埋怨過神，繼續奮不顧身地將乩身的責任，作為自我一生的志業。

俗語總說：「天公疼憨人。」不知道天公會不會看見，我家裡那個憨人父親，願天公能善待他的良善與正直。

作為父神之小女兒，我沒有感應神的體質，不懂寫符、擇時，與吉凶禍福的占卜，是個只會做惡夢的麻瓜。有時候會感到失望，原來我無法借予神我的身體，若是自己也能感應神，那麼在父親經歷被霉斑糾纏的紛亂之時，我就能以神之力拉起父親。

如果我願意交出自己的身體，讓靈魂暫時消失，神能不能來？

每一次我們燃香祈禱，都期待著一種永恆，卻也在神以外的日常裡，總有傷痕。彷彿沒有神，我們一家孤獨的生存。只是我們仍期待著，在每滴淚之後，每個靈魂都能絕境逢生。

夏季的風若吹來，便能吹飛春季的濕氣，那之後便能迎來大太陽的夏季，襖熱而乾燥的風或許就能吹走霉斑，無論命運之運將我們吹往何處，只願神光如陽光能普照著在神之外的父親，一切平安順遂。

輯三

退乩：在神之外

每當夜深，空間都被覆蓋上規律節奏呼吸聲或鼾聲的網，
僅剩細小從房間另一端對外窗傳入的電視節目對話，
與我手邊鍵盤聲協奏，那是還醒著的父親與我。

父城

不曾告訴過父親，我在城市裡迷遊時，常跟在他忌諱的喪葬隊伍後面緩慢走著。

行至高架橋下時，習慣地放慢速度，兩側會有送葬隊伍插入，沿途喇叭播放佛音，彷彿正昭告請讓路給死人，我刻意選擇最靠邊，甚至在線外，像貼壁那樣，與我的機車很慢很慢。有幾次試圖超越上面大佛壓著的靈車，棺木裡亡靈太重，悲傷很沉，靈車更緩，掛著寫著姓氏淺粉近似慘白色燈籠的前導車上，有冥紙自窗內不斷向外撒出。那些粗糙貼著銀箔的紙張，自頭上飛過時，心裡會默念佛號，自小熟悉的神明稱呼自然在腦中緩緩輪轉。想渡一下那些靈魂，也許也渡自己。

很長的一段時間，已經習慣，我不以為會更招來鬼魅壞運。反而像某種鬼祟尾隨，連停紅燈，都維持一段距離，在那個停滯的時間中，我沿著送葬線突然流瀉出很長的電影膠卷，散落在撒滿冥紙之路，如同瀕死倒數，像是在初上研究所時同學們看不見也聽不著我，還有家人間的爭吵，我在裡面也隱形了，像亡靈那般，沒有被真實地看見，一切都沒有標籤上我的名字。直至轉彎靠近學校，送葬隊伍右轉朝向火焰處去，才暫停倒帶。還以為膠卷上能有我的影像，可是卻沒有，好似舊式卡帶被丟棄時拉出一堆膠線糾結纏繞，沒有音軌。

我和父親，也像一球被打亂而糾結的毛線團。

「妳真正足憨慢，輸別人真多。」這句話不斷迴旋在耳，尤其別人對他炫耀自己孩子的優越時。我想他會用欣羨的眼神去稱讚別人的孩子，藉此掩飾心底的憂傷。很多時候我們也為了我的未來爭執，曾經他對我說：「妳欲選這條路，以後就毋通後悔！」那是第一次我違背他，堅持自己的方向，我不再為了他的期待而選擇，在爭執中忠於自我。他逐漸朝向老年去的這一生，至今仍缺少那些在社會上能讓自己發出光芒的虛妄價值，大概是財產、地位、學歷之類的俗物。

我討厭他欣羨的眼神，爭執的時候，我告訴他：「那些人也沒什麼，哪有那麼偉大？」還有，我在心裡最後一把火燒掉而沒說的問句是，我們真的不值嗎？作為你孩子的我，是否真的毫無價值可言？為什麼我都要活得那樣渺小卑微，只因為別人的言語與目光。

別人總說他生女兒不值，「卡早人攏看未起我生查某囝。」他時常憂傷地說著。

而這句話始終成為一種隱性而需要去翻轉的規則，於是他時常提早替我規劃，他要的那個未來，而非我的。後來我總是決定了方向才通知，他慌亂而氣急，深怕我迷了路，被城市裡的鬼魅拉進不歸路裡。

日子裡，偶爾會突然接到父親的電話，說他看了命理書，或是神明說我運勢不佳，很多不好的要懂得避，護身符要隨身攜帶著，掛完電話後的隔天，便會收到母親寄來的掛號郵件，裡面躺著幾張黃紙紅字，上面我僅看懂淨字，是淨符。感覺有異時，或參加完喪禮，必定要燒一張在碗裡配陰陽水，再折一段芙蓉菊灑身體和房子各個角落。那濕的黑灰渣，點片狀殘留在整個空間，蔓延出如霉的斑。

在城市裡生活近十年，我一直住在父親留下的老公寓裡。始終沒辦法真正的離開這座房子，即使父親已經鮮少到城市裡。無數次我想離開這裡。

「妳走了，房子該怎麼辦？」

「這樣爸媽去時，誰來照顧他們？」

問句夾帶著責任，也不斷地在生活裡燃起火苗，在某些時刻成了家人間的烽火。而火始終沒有滅，中醫師診察我手腕上的脈動，說我的體內正在發燙，若是如此肯定是火燒傷了裡面那些器官，還有我有過敏體質，難怪我總是發癢打噴嚏，在那個壁癌斑駁的老公寓裡，始終無法適應多年來城市的潮濕與空氣，也學不會守護一座房子或城市。

始終覺得這座城市有鬼，而我在城市裡的時間線不斷被向後拉長，無限延伸。

生活中累積的灰燼好像已經沉重得無力去判斷何時是最嚴重的時候，後來我幾乎放棄燒符，找不到燃燒的理由。許多東西都不斷地積累，蝮蜮那樣向上堆積走過每一條路，還不時地清算背上少了什麼，該補上了，在黏貼紙上寫過密密麻麻的注意事項、補充物品、待辦瑣事、想改善的狀況，貼在桌前的一片空白處，和那些有笑容的拍立得照片一起，無止盡的整理再整理，卻丟不掉任何東西。空間裡不斷向上高疊的物品，成了一座牆，把人和人都隔絕，那些如影子般躲在心底的鬼魅，會說話的、眼眸會發熱的，都一層又一層層的堆積。而心裡正默默恐懼著會不會有一天睡覺翻身便被重重地壓死，那已經不是符咒能保護了的。

有人對我說，妳會需要一個祕密部落格，在裡面盡情地畫符燃燒。我說，這城市裡有太多燒不淨的東西，那火驅得了外面的鬼，卻趕不走心裡的。那些路總是左轉又左轉的銜接，有時刻意轉入一些交錯巷弄，想發現更多新的可以躲藏之處，但仍然要走，終究要回到原本的路上。像擺脫不掉的送葬隊伍，我在交叉的網狀路裡找尋出口，卻一再地左轉，轉回原地，而那隊伍竟然還沒有走完。

一些恐懼，在心裡燃燒成好幾個小灰燼，不動的時候只是靜靜地躺在那裡，但風來就會被吹散開來，灑在身體的每一寸空間。試圖想挖一個洞，將灰燼都埋入，放上一些枯枝落葉和泥土，用腳輕踏，好好地埋藏起那些無助。

有時候，我分辨不出來究竟是逃不了，還是害怕改變，又或者我恐懼那些責任背後的言語，會灼傷人。我追尋一個更遙遠的地方，卻跨不出那一步。

父親比我更早到這座城市，但總是來了又走，他所記的方位與我的路名，即使是一樣也時常無法重疊。每次他接送我，他總是告訴說南邊和北邊的出口，我問他是幾號門，他總是說方位，他不記得路名，永遠說的是家的東南或西北方，某條路或某個巷子。於是我們一直找不到對方，迷路在彼此的羅盤迷宮。

我手裡遺失了指南針，而他僅剩東西南北四個方位詞，出了老公寓的家門後，我們總是朝著各自的座標去，背對著向左向右走。一路上找不到這城市的海，聽說海很遠，海風吹不到我的房間，即使貼上了海的照片，上了水藍的漆，那還不是海，也許我曾朝著海的方向去，但是並沒有到達。去不了可以哭泣的地方，於是躲進房間衣櫃裡，頭頂著冬衣外套，將自己置於中間黑暗夾層裡，瘋狂埋怨再盡力哭泣，如果可以哭掉什麼就好了。想丟掉背著過重的東西，或其實想讓自己蛻成別人，總是不斷地攀爬想成為父親口中更好的人，可我討厭那俗氣的眼光與評價。

想起在城市裡，第一次載父親。

他坐在我的機車後座，來自後方的重量，讓我手心沁出了汗。長年開車的他，無法重新駕馭機車，我成了正駕駛，初次主導路線。他仍舊不斷地提醒我，前方有汽車，要小心、快要紅燈了，騎慢一點，車站就騎大條路直直去就是了，他比我更熟這座城市。我小心翼翼地，刻意將油門鬆握，速度要慢，煞車不能急。

或許是緊張了，還是無法讓這段路程完美。

機車速度逐漸遲緩，油門呈現出吃力，可是這段路並沒有爬坡，最終在路途的一半，停止動力。油表壞掉而停止它半圓的轉動一段時間了，我猜想是沒有油了，如實告訴父親。一如我眼皮跳動的預感，他氣急地不斷碎念，其中一段特別清晰：「我看別人的囡仔攏未按呢，哪會憨到沒油也毋知影……」莫名的火苗燃起，我對他說：「嘿啦，我就是憨，就是爛啦！逐項攏輸別人！」像把很多年來的灰燼都倒出來，我們之間陷入很長的沉默。之後不斷接收到關於家人們用炙熱的語言，說父親養妳那麼大真不值，真是辜負了父親的愛與期待，沒想到妳這麼不孝，那麼糟，究竟妳有什麼資格說父親。

那一年，我帶著被誤以為是兒子的錯誤命運出生，成為第五個女兒，路口那戶只有兒子的養鳥人家，當時殷勤地來探詢，問有沒有要送養小女嬰。偶爾會閃過那樣的念頭，也許當時把我送走，或許一切都會不同。可是我沒有後悔，父親有嗎？

每一次遇到了那些難以解釋的狀況，會猜測可能是鬼魅作祟，父親總是會拿一張符配另外六張空白黃符紙，再摺散成扇形，父親手指捏緊末端，點燃一邊，火焰紅了起來，搭配咒語在頭上繞著，這樣便能驅走那些無形的東西。必須燃燒透徹的黃符紙，燒至末端在父親手指上燙了傷，紅中帶了黑色灰燼，父親總是燒符為了別人，他說那是一種責任。

我知道自己內心反抗著一座隱形牢籠，不想朝著那些隱性規則去走，所以任性地違背他，選了自己想念的科系，拒絕去加選一些證照，以及更多我拒絕在世俗裡為了眼光而扛起的責任。而他仍舊在突然想起時會對我傾倒很多希望。

「英文也是要學好。」

「有國立學歷，別人才看會起。」

「欲在社會上和人徛起，若啥貨攏無，只有予人看無。」

要是再多這個、那個就更好了，完美會更好，這些我都知道，但要一一回應這些期待，好像迷路那樣地慌。當我什麼也不說的時候，有時候他誤以為我是自我放棄了，那種不了解如同我們背對背看不見彼此方向。

我一個人留在城市裡，自己遊走，自己燒符，想讓一切都更好。可是沒有人能夠保證符燃燒殆盡之後，那些看不見、摸不著的東西，是不是真的都消失。

每當騎長路到陌生遠方，在路口總是向左向右抉擇，不知哪個方向能正確抵達，匆忙抉擇後，沿著路名一段、二段、三段……跨越了區域，在陌生的風景裡找不到目的地，突然像失智老人迷途，慌亂地亂闖。走了又走，也許已經翻越過這座城市的東西南北，卻不自知。不斷尋找一條坡度很高能不斷朝上走的路，卻於憂傷茫然裡逐漸失去自己，沒有明白城市裡的路，分不出方位，無法成為一個擁有價值裡好的象徵。

時常感覺這座城市不屬於我。住處帳單上的名字是父親，常買飯的店家，盡是他喜歡的口味，他知道很多最在地的滋味，他還有許多老友在這，總是高談過去與現在這座城市的模樣，他片斷累積的時間沙，堆成比我的十年更高。我不過是附屬於此，掛在城市的懸崖邊晃蕩，卻沒有成為他嚮往的城市人。

在城市的深夜裡，離家很遠。當我不再慣性燒符以後，總是想著一個問題，究竟人能不能沒有家，沒有家是寂寞，可是家的重量也很難扛起，如同我包包裡厚厚一疊的護身符，那些寫著紅字的符紙沉甸甸地存在。

記得最初到這座城市的時候，買了一本細長地圖，翻開後每個區域都會被切割成兩三頁，父親戴老花眼鏡在地圖上仔細檢視小字，嘩啦嘩啦說出他熟悉的幾個地方，用東西南北向座標告訴我，那時我並不懂定位。時常忘記帶地圖出門，在城市裡遊走摸索出那些想走的路。後來那本地圖被埋在抽屜裡一個被忘記的地方，直到換房間的時候，清出多年間的棄物，它是之一。

像神隱少女為河神洗澡，我搓洗生活，拉出一堆垃圾，為那些記憶裝袋，送它們遠行，它們要到一個遙遠而荒僻之地，被掩埋、被燃燒。

始終沒有習慣父親最初帶的路，於是孤獨地在城市裡，走在一條自己的路。燃起最後一張符紙，用來照亮遠路，驅心裡的鬼。

無眠隊伍

凌晨三點夜最深時，我在陽台曬月光路燈，望著對面大樓夜裡留的一盞廚房小燈與寂靜，用手指畫出線條，嘴裡吐出氣體，想吐出一些哀愁，卻連一點煙圈也看不見。

我想自己並不寂寞，台南家裡，此時的父親也還沒有睡吧。當我打開檯燈閱讀起手機先前按下儲存的長文或影片，也有時起身從床角的書疊中抽出一本，在夜裡咀嚼著深意，父親會在漫長的夜裡做些什麼？他是個不肯智慧科技化的頑固老人，長輩圖漫溢的時代，他仍退回按鍵式的智障型，在我的頒獎典禮努力對焦，拍出一堆糊化過分的照片。

而我們卻都是過於清醒的人，在那些無聲的夜裡，不斷纏繞腦海裡的線，過去、現在、未來無數交織。

大約有長達一年的時間，因為在生活裡不斷切換身分，慣性的焦慮感又浮上每個該好好安眠的夜，總是在最需要睡眠或早起的時刻無眠。

我一向是無法馬上入睡的體質，記得童年時，被規定必須在固定時間就寢，當時所有手足皆睡在一個大房間，每當躺上床一段時間，只留下昏黃夜燈的房間無聲電視裡影集或娛樂節目正播放輪轉，偶爾我會佯裝翻身側睡，在沒人發現時瞇著眼偷看，也在好幾個似睡似醒間聽見姊姊們討論我，那些關鍵字大多是壞、任性、脾氣差一類的，闔著眼皮側耳聽完後才讓自己真正地翻過身睡去。成長後，每一次被情人抱在懷裡，應當安心睡去的時刻，總要聽過好幾輪那規律呼吸聲或鼾聲，才能告別清醒。

在台南老家每當夜深，空間都被覆蓋上規律節奏呼吸聲或鼾聲的網，僅剩細小從房間另一端對外窗傳入的電視節目對話，與我手邊鍵盤聲協奏，那是還醒著的父親與我。越是增長年歲，無法入眠的頻率越是好發，一次偶然想起父親曾一派輕鬆地對友人說：「我已經半年攏無睏啊！」才發現原來無眠也是會遺傳的。

父親的大半輩子都想當一個完好的人，所有的事情都希望能有最完美的方式。他最常在深夜裡運轉洗衣機，整個程序冗長，他必須先等候全家洗完澡，蒐羅好髒衣服，洗衣機放水、用瓶蓋量好定量洗劑，最後放入衣服，設定好運轉時間。他慣用老式雙槽洗衣機，在洗衣程序結束後，還要手動排水跟注水，才能放入脫水槽，脫乾後再套入衣架排上曬衣桿，最後推到室外，衣服才能曬到早晨的陽光。而晾曬的衣服必須在太陽下山前，還保有太陽餘溫時收進屋內摺疊。這是父親一向堅持的完美，沒有一個流程會被疏漏，而漫長的深夜洗衣程序，要搭配電視機裡那些重播過許多次的舊電影或政論節目，七星菸的煙霧，偶爾會不小心遮住周星馳的臉，只剩下笑聲。

頑固的堅持落在生活每個細節，父親愛鑽研通書，於是全家都必須恪守準確的規範行事，祭祀、嫁娶、出遊……，都有挑選好的日子或時辰，以及不能犯的禁忌。儘管我們都小心地守著堅持，卻也抵擋不了過多的破壞。從間斷性失去睡眠的日子開始，我總想著父親何以成為反覆無眠之人，他肯定擁有了更多的深夜寂寞。

不太記得是從哪個人生階段開始，失眠的症狀如影子擺脫不了，只想起固定在中醫診間裡，禿頭而幽默的中醫師診著手脈告訴我，睡眠不好，火氣大，肝火太旺，他常常笑著說：「最近很不爽哦，火氣那麼大。」即使我已經睡了不短的時間。那些混合藥粉換過好幾回，時而偏酸，也老是偏苦，偶爾偏甜，更多是種混雜味覺，什麼都摻了一些。最初拿捏不了吞藥粉技巧，一日三餐有兩餐飯後都被乾粉嗆得直咳，更多次是那半乾半濕的藥粉哽在喉嚨，每一口呼吸都充滿藥粉味。

開始服用藥粉，也是學會吞下更多事的時期，工作上偶爾出了差錯，資深同事斜著眼大聲說：「私立學校畢業的，不意外。」碩士班時曾有過對同學開玩笑，後來竟被公開在社群網站上批評，底下一片留言聲援，所以我讓自己道歉了，在訊息往來中對方高姿態的說：「本來就不該對我們開這種玩笑。」而那不過只是句穿得像情侶裝。兼了教書工作後，有時青春的目光灼熱，除了以會被聽到的音量私語，說教得不怎麼樣外，更會直接在眼神交會時，拋出一句：「你去跟她說，你不要當她的小老師啊！」而前晚正是為工作準備至凌晨三點又失眠的夜，進教室前我深呼吸想止住心跳再加速，試圖克制顫抖的手。總以為時間過去，自己會更好，身體需要承受的會越小，總有那天能一口順利吞下苦澀藥粉，或是戒掉藥。我開始通勤到另一個城市上學後，這世界依然故我，那三小時一班的客運，因為規定不明，我曾被站務員趕下車或被司機遺忘，也有司機走錯路線，放錯跑馬燈，每次我都以為自己要被遺漏在陌生的高速公路。鼓起勇氣撥出客訴電話，對方卻說：「我們會向公司反映，但是妳有問題在先。」掛上電話，我再度撕開中藥包，用更多的水努力將藥粉灌入身體深處，期望溫和科學中藥能安撫著內心、熨平憤怨哀傷。

無法安然睡去的夜晚，我時常一個人反覆咀嚼每句他人話語，反覆猜疑話語中是否隱藏深意，也不斷回憶反省過去每刻瞬間，自己究竟做錯了什麼？自小父親便教我們要噤聲，深恐得罪了誰。每逢親友大聚會，父親總是慣性缺席，身為孩子我們學會晚到早走，逢人必禮貌問好，餐畢協助收拾、清潔，盡一切禮節，扮演好角色，努力揚起嘴角兩端，聽著誰炫耀學歷、薪資、交往對象，偶爾被訕笑一兩句，才能杜絕身後那窸窣小語綿延。

近幾年，親友聚會絕跡，父親與親友們學會彼此不再聯絡，他極少出門，學不會網路，於是他看不見、聽不見那些傷害。過往總會到家裡來按電鈴，需要金援、需要神救，需要父親各種幫助的大人們，總會與我們走失在某個事件的交叉口，而那交叉點不知為何都與金錢相關，那之後的他們與我們逐漸步在不同兩端。父親曾開放家裡，隨時歡迎別人來吃飯，甚至賣掉房產，簽下貸款，只為了拯救那個因揮霍掉大把金錢而一度活成末路的人，也在別人女兒緊急生產卻聯繫不到親屬之際，趕到醫院負擔起長輩的責任，在每個夜半努力為別人處理各項需要他的事。或許被需要，是父親生命中之必要。他是如此渴望被肯定，渴望自己是一個完美的人，在每段關係中都能美好，能將一切事情都按照合理軌跡運轉。不常出門的父親不會知道，整個灣裡小鎮漫溢著他討厭的虛妄耳語，流言中的他，是不管手足、親友頹敗與末路的狠心人，那別人口語中的父親，對我而言是個陌生人，他的形象成了交叉兩條短線。然後在所有需要共同抉擇的時候，那些人都背叛了他，他們與父親的身體內在明明都是同一條深朱色脈流，不知為何愛成了怨懟，究竟是我們生錯血脈，還是選錯了方向，或父親終其一生在關於愛這件事上，都抱錯了期待。

家裡遇到糾紛時，我天真地問對方：「你覺得我爸會這樣嗎？」始終忘不了那回應：「不無可能，時間會改變人的太多了。」後來我再也沒有與對方說過任何一句話，也同時對父親噤聲。而他也僅是倔強地不願為誰屈服，依然在深夜等候衣服洗好時抽上幾根菸。

那個失眠夜，我爬上台南老家屋頂，以為能眺望小鎮外圍的海洋，想看看那海岸上是否有著和我們一樣的無眠之人，排成隊伍走著，卻被起伏如山巒的屋頂遮蔽。屋頂兩側交會高起處兩片斜板，仍留著兒時以石塊刻下的全家姓名，父親那欄文字最大，那時以為老天爺會看見，便能獲得庇佑。卻沒想到在多年後，我與父親都無法將自己哄入美夢中。每一次在黑暗中，閉眼、睜眼，再緊緊讓上下眼皮緊貼，眼前總會浮現電影裡那個不解丈夫為何自殺的女人，跟在海岸上送葬隊伍後，獨自寂靜地走著，走著。她是否也在追尋未知的答案？

父親與我同年告別摯友，他送我去參加告別式，在側門出口等我，帶著哀傷神情點著香菸。那段傷痛使我更加無法入眠時，我每兩天打一次電話給父親，我說：「我還是覺得心裡怪怪的，很不安定。」然後努力用台語在電話這端描摹出惡夢輪廓，最初他總建議我到廟裡求心安，於是我去給媽祖收了兩次驚，洗了兩週符令灰佐艾草葉澡。依然無眠或惡夢，我再次描述完新的夢境，父親總說，妳那是心理因素。

輪到他告別時，收到通知那晚，我在家等他探視回來，他的平靜中滿是疲憊落寞，低下頭那鬢角顯得更灰白，他淡淡地說：「就這樣過了一生。」總想著他會跟那晚的我一樣喚不出一個夢，只是他不知道這夜裡他女兒竟也不成眠，我蹲坐在樓梯間，靠著父母親房間窗戶，望著漆黑想確認他們勻稱的呼吸聲才安心，卻聽見床板輕輕發出像打開櫥櫃時卡榫的微嘆，那是父親翻身，此刻的他想著什麼？用回憶織夢抑或獨自感傷，他也逃脫不了心理因素吧。那晚他沒有起身去洗衣服，只是從窗戶緩緩洩出一點嘆息。我們都活得越來越寂寞。

我們都是慣於深夜的動物，寂靜與黑暗好像才能讓我們成為自己。電視節目上因為表演而讓墨水沾染滿身黑的人，多麼令人羨慕，在沒燈的暗夜，就能安然地存在，不被發現，於是也沒有傷害。但實際上，我和父親都渴望光，卻也害怕光，想被看見，又恐懼言語和目光。

無法哄睡自己，導致睡眠時間不斷向後扯，總是醒在太陽高張時，喜歡吃早餐卻永遠錯失早餐時間。做了晚間上班的工作後，偶爾我會討厭白天，整個城市的人不停轉動上工，我獨自在家，白天的夢卻充滿罪惡感。我洗衣、打掃，偶爾從陽台觀察路過的上班族，他們連走路都走得那樣當然。必要出門時，我卻總要把自己打扮好，才敢出家門，讓自己看起來不那麼像在日頭之下無事可做。父親將大把的陽光時段都填進他的田園日常，如荒漠般的田地裡，只有他一個人，服務那些不會發出光且永遠靜默的植物，他會待上整個白天直到天暗，老是錯過晚餐時間，家人時常聯絡不上他，只能在那不明的狀態裡等待他歸來，我深信著父親，他知道該回來。母親不明白究竟那田何以讓父親待上一天中的三分之二時間，如同她無法理解父親需要個能閃躲世界的出口。

某個無事的白日，父親難得沒有下田，因為必要的事務必須往市區去，熱心的親友說要陪同，兩人卻在路途中言語失和，父親難得捍衛自己，而對方是那種熟悉社會的大人，沒有誰願意退讓。或許是遺忘了，父親一個人獨自被拋在他陌生的市區，離家說遠不遠，卻是走路要花上許久的距離，他在那看著人來車去，找尋回家的方法。要是我，回家以後肯定要看個《喜劇之王》再大哭整夜。那晚，父親發過幾分鐘怒氣後，依然回歸夜裡的靜默，獨自對著電視機。

有一段時間，我對於社群軟體感到慌張，害怕各種不被理解的傷害，也恐懼面對別人實現了我未完成的事。只好獨自躲進不會被發現的網路空間，瀏覽過各種影片或黑白畫面裡雜蕪的網友貼文。試圖想平息焦慮，以為這樣便能面對那個無法完成的自己，好繼續隔天醒來後繁雜的工作日常，結果又是在沒有睡意的夜裡，看著喜劇或傻甜的情愛橋段一個人哭著。父親也依然在他的深夜裡，獨自對著周星馳的電影，沒有哭沒有笑。

那海邊的送葬隊伍中會有我和父親嗎？

無法織夢成眠的夜，我們都應該將自己曝曬在月光下，那海風吹過來，將腦海與心裡的底面膠卷拉出來曝光在月光下。如果看見有美麗的光在遠處閃爍，就把那個深處祕密的自己送葬。

沿著堤防，我走在父親身後對他說：「看，眼前一片漆黑，什麼也看不到。」

父親走了幾步，從口袋抽出香菸盒，燃起一根他習慣的七星，吐出煙圈說：

「也不是，天光後就會真美啊！」

（原載二〇一九年六月《印刻文學生活誌》）

The F

穿梭在醫院，報到、等候、看診，每週嗅聞著藥物、消毒水、病氣的混雜，再等候，然後批價、領藥。

每週複診的前一晚，情人會跨越城市來陪我，他知道我雖然能自己就診，卻免不了內在的微微焦慮。我們會在就診後去吃好吃的餐廳，然後再重返各自的工作位置。

身體開始不適時，最初我去了習慣去的診所，複診了幾次，醫生尋找毛線頭似的，想為我的病因找到來源。壓力、熬夜、攝取太少的維生素C，可能都是原因，醫生問我：「為什麼熬夜不早點睡覺？」我傻笑著不知該從何說起。

那段時間裡，除了慣常的晚下班外，我總是在夜裡寫字、處理工作，或更多時間在瀏覽各種訊息，喜歡深夜的孤寂與靜籟，那好像才能讓我做回自己。焦慮不安與需要被記憶的事情太多，偶爾從暗夜裡社群軟體中竄出的喜訊或婚照，都會在按下儲存後，天亮就忘了。而偶然瞥過一眼抱怨婚姻生活的動態，倒是記得清楚。誰的另一半總是缺席公司舉辦的家庭日，婚後他總是獨自一人出席，那貼文最後#字號後面打著「還真諷刺」。每個人都需要一個出口，出沒在無聲的夜裡。

母親忙了整天家務總早睡，父親也時常在夜裡獨自盯著電視機裡重播電影，一邊修剪指甲硬皮，或是翻閱他興趣的通書，替別人擇日，研究風水流年或命理。他與母親各成一個自己的世界。

我也時常在通完電話道過晚安後，享受著那看似無盡的夜。總覺得只有夜是屬於私我的，沒有其他身分的負重。

當年紀進入後青春時序，那些曾經活躍的朋友，除了早已成為父職母職的，更多人都進入了婚姻，我以為會更晚結婚的朋友，也成了他人之妻或夫，好像那是一個必要的人生歷程，也有人註記伴侶，或為愛去遠方，當然也有為愛失落。而我依然在思考，關於未來的模樣，會是什麼。向前一步，後退兩步，或進三步，退一步，然在游移之中，這並不是能自由發揮的舞步，我怯怯地不敢越一大步。

總愛和我辯論的男同事在我看不見的地方，向他人說起我：「她就是因為男人的收入不夠養她，她才會自己出來工作賺錢。」在我看得見的地方，他又對我說：「如果以後結婚，男人賺得錢夠，太太就可以不用出來工作，在家裡做自己喜歡的事，不是很好嗎？」原來這世界的眼光是這樣，與我內在對自己的價值思考彼此失序。

曾以為那些工作上的努力，能換得自己被平等看待，卻還是脫離不了各自的視線落差。我並不想只為誰而活，熱愛那種偶爾揮霍自己金錢的快感與追逐獨立自主的自由，討厭被歸屬於某人的附屬價值。一直在思考所謂「做自己喜歡的事」有可能完全純粹嗎？在家的那一方，是否也要承擔起更多的家庭責任，那究竟是不是做自己喜歡做的事，我的答案還充滿著不確定感。

我從來不存在要嫁給像父親般男人的浪漫情懷或美好幻想，這種念頭完全沒有過。但也不想成為母親的角色，她付出大半人生成為一名專業家庭主婦，曾有幾年，母親一個人面對整群年齡不一的孩子，接送上下學，無盡的碗盤、衣物堆，還有各種繳費。男人扛起經濟，其餘一切是在家的女人肩荷。

幾年前有部引起熱門討論的日劇，女主角成為約聘家庭主婦，領著月薪，計算出全職主婦的全年無償勞動時間近兩千多小時，平均一天六小時，包含假日。母親當然沒有月薪可以領，既無償也無處可逃，難免對於某些特定事物敏銳了些，記得她總是埋怨說：「妳爸很煩，他又來了，出事都怪我。」耳邊也依稀迴盪著她曾哀怨的低聲：「彼時擱有七十萬，叫恁老父無通擱拿去予別人，也是拿去啊……」當然我也忘不了，那些慘淡日子裡，幾次母親過度換氣的暈厥，那時我必須獨自上下學，清洗餐盒，面對著無語的家中，完成自己的作業。

每遇見一個男人，我總會想像他成為一名父親的模樣，絲絲點點去衡量他與我父親之間的關係，如同犯罪影集中辦案時貼出照片，再用交織的不同色，去畫出關係線，並寫上疑慮之處。

L喜歡孩子，渴望成為能將孩子扛在肩膀的那種父親，但隱約有那種男性高尊嚴的態度，喜歡被依賴，深愛妻子會做飯打掃，我想他大概不會在婚後為我洗衣做飯一次；C像個藝術家，把自己完全奉獻給熱愛的事物，我甚至無法想像他成為父親的模樣，不過他與我一樣都深愛著自己的父親，也曾經差一些成為他人之父，那個他取了名的孩子，來不及讓他的父親角色成真，而他最後也回到孤獨，過著不穩定的生活狀態；S從厭惡孩子過渡到期盼成為一名父者，藍圖裡描摹了一百件想與孩子做的事，但他是個過度有責任感的人，深恐他學會那種總是犧牲自己家庭照顧別人的壞習慣。這些男人，在我與他們原生家庭有分歧時，或受傷時，會選擇與我並肩，還是會拍拍肩安慰說：「這是難免的，不要太在意。」把句子當成一切的句號，好讓女人安靜。

任時間讓我們經歷無限年少，邁入適婚年齡，成為日益成熟的大人，忽然男人們的內在都渴望自己長成他人之父，父者成為了莫名比婚姻更美好的憧憬，他們都汲汲追尋著，熱烈地期待，一個更為成熟的身分。在聚會裡逗玩著他人的稚童或嫩嬰，散發出柔煦的光暈，讓孩子坐上肩膀，牽著小手走路去買東西，咯咯笑聲蔓延。而我仍在上個步驟停滯，深懼無法在自我與家庭角色間平衡，也質疑母性角色所需承擔的責任，會不會在全新關係中失衡，畢竟過來人都說婚姻是嫁給家庭，才不是與愛人共築新世界的浪漫，愛也許神聖，但婚姻大多不被這麼認為，當然幾家歡樂夾雜幾家愁，或揉混了不少敗絮。

那個從來最敢愛也更敢恨的朋友，彼時女子高中裡尚未成年的我們，她對於愛情最為熱烈，渴望在二十四歲就成為人妻與人母。畢業那年漂了一頭紫長髮，在每一段感情中，都用盡了全力擁抱做自己的任性，分手永遠爽快。大學後她背著穩定交往的對象，與當時語言交換的外籍老師約會，除了守密之外，她說：「還沒結婚，我們都是單身，永遠都有選擇權，只是約會，沒有什麼。」那時我總是被迫離開一段又一段的情感，她總說我太傻，沒有人現在就該挑選要共度一生的男人，未來還賦予我們能大把揮霍的猖狂。青春的女子朋友中，那幾年我最欣賞她，佩服她每次的果決、勇敢與自由，總以為未來的我們，她對感情與婚姻絕對是最瀟灑的那個。

過了二十四歲許多年後，我始終對婚姻猶豫不決，怕婚姻催人老，又怕失去自由，卻也不願錯失幸福。而她與那個想嫁的男人，總在進退間擺盪，她開始失去光芒，寂寞的時候上教會，偶爾看看婚友社廣告。最後她果決為愛放棄原來平穩的生活與工作，拖著一個人的行李，為愛奔走遠方，投入婚姻裡，以為自己與愛情結婚。關於後來，沒有人敢問起，回來，依舊是一個人的行李，重新開始原本的生活，沒有別人，沒有他們，只有自己。那一年電影般上演的愛與喜悅，轉眼成無法再開啟，被封死的祕密。我無法也不敢問她，關於女人在婚姻的真正面貌。

有人說，愛情是在另一個人身上，能尋找到自己所嚮往的東西。

那婚姻該要在另一半身上，尋找到什麼好呢？是家，是依賴，還是生活裡永遠的陪伴？

在那些躊躇之間，大概是作息失常與壓力，我開始徘徊在醫院與診所。常去看的診所，一個醫生可以診療不同科，診所裡的病人不太一致，那個年輕女上班族也許是感冒，另一個中年婦女是看婦科。大醫院門診間總是排了好幾百號，號碼進展速度極慢，那些腹部圓鼓如或小或大球形的母親，看起來從容優雅的等待，沒有人陪伴，在那些長排座位中淡然地享受等待的時間，撫摸著肚子或從診間帶著媽媽手冊出來時，臉上漫溢著幸福的微漾，彷彿朝許願池中丟下一枚硬幣那樣的期待與開心。對於漫長等待的排隊，偶爾我會感覺不耐煩，那不耐煩中涵蓋了焦慮病症膠著，以及在一群孕婦中感到壓力，因為身體感受不同，我沒有那樣的喜悅。

等待時，我反覆地在網路搜尋病症的狀態，多久會好，該做些什麼措施，才能加速療癒。網頁中一排排匿名的女子，有人說感染原因很多，但難免會被懷疑，妳是一個不夠潔淨或專一的女人；另外也有人抱怨即使做好了一切清潔、吃藥擦藥，早睡早起，攝取大量水與蔬果，卻又落入莫名反覆發作而困擾的無限，可能比生理期的痛楚更厭煩，也比產後胸前的脹痛更無解，她們說：「有時候我真想切掉自己的下體。」驚悚的句子背後，是無奈與疲憊的折磨。

進了診間後，老醫生看了情人一眼，問：「結婚了嗎？」尷尬否認的他立刻被趕出診間，那時他偶爾會玩笑地提起結婚，家人朋友也會在卡片上，祝福我們早日有個美好婚禮，這些都不是真的，我們從未嚴肅地面對這件事，無論是他的玩笑或我的裝傻。與愛和不愛無關，而是婚姻能帶我們走向更好的平衡點，或是轉向失落？在嫁出每個朋友時，都會令我感動紅了雙眼，自己卻害怕真正的出嫁。

老醫生一面在盯著電腦鍵入資料，同時對我說：「《聖經》上說夫妻是一體的，既然還沒結婚，妳的身體就是自己的。」因為單身未婚，我仍然是我自己，全然地屬於自己，我獨自進入更後面的診間。

情人只能陪我在前診間，內診須再往簾子後的診間去。這次他連在前診間側耳聽病的資格都被剝奪。護士說：「脫下裙子、底褲，側坐上診療檯，將雙腿張開放上診療檯左右的高處。」就緒後，老醫生將醫療儀器放進私處，左右探測子宮、卵巢，力道過大有點疼痛，我皺眉卻不敢喊出聲，醫生與護士盯著螢幕，沒有人發覺我的痛。老醫生說：「子宮肌瘤有四公分，雖然沒什麼大礙，但還是要盡快孕育小孩才是最好的。」看完診，醫生離開內診間，護士熟稔地遞上了衛生紙給我擦拭，幾張紙上沾了一些血，慌張中我穿回自己的褲與裙，快速將衛生紙丟進垃圾桶，那是沒有人知道，難以言說的血。

那血看似與每月正常代謝一樣紅，卻又不同。讓我想起女人生產時會落下多少鮮紅，那也是不被知道的痛與紅。

曾看過一種說法，女人經歷了痛與血的生產程序，會成了另一個身體，恐會虛弱掉髮，也可能體質逆變，哺育孩子時，子宮內的肌瘤有縮小的機率，新的生命銘刻自我生命的修補或標記新的開始。男人成了父者還是自己，他們不會知道女人在成為母親時，體驗自己的各式變遷，不是心更是身。

我並不知道，擁有了婚姻以後，我還能不能是自己，或者該說依然是婚前那個擁有高度自我的女人。

記得曾修過一門「婦女報刊專題」課程，老師說：「女人、女子、女生指的都是『人』，是個體，所以是同一類的。而女性只是性別，不是指人。」我記得當時的期末報告，我謹慎地在word的搜尋框中打入「女性」，深怕自己漏了。那堂課之後，也覺得自己想當「女人、女子、女生」，而不要被用「女性」的性別框架綁架，但有時候這世界是與自身內在逆向思考的。

就在進入婦科診間褪下底褲成為每週行程的期間，一回買飯時，熟悉的老闆娘正如同醫生手執器械般直直地窺探我的深處，她關心著我有點年紀了，怎麼還不結婚生子，然後小聲地指著隔壁鄰居的門，告訴我，鄰居兒子跟女友交往很久，也不結婚，有一次她好奇問了，才知道原來鄰居覺得交往久了，女生年紀大了，怕生不出孩子，才一直沒娶，後來人家介紹女生去看中醫，吃了一兩帖藥就懷孕，馬上就結婚了。阿姨突然話鋒一轉，就問我說：「妳該不會也是這樣吧，會不會別人覺得妳年紀大，不能生……。」

那天晚上我握緊了手心，將捏皺的百元鈔遞出後，便迅速地逃離阿姨過度關心的視線。我記得自己當下有種悲傷湧至喉嚨，我緊咬了雙唇，傳了訊息給情人：「我知道也許你並不這麼想，但你的家人如果也有這種擔憂，不結婚也沒有關係的……。」

在情人用企盼成為父者的眼神凝視時，我也曾擔憂地，先在網路上查詢過那些知名塑身衣的效果，即使自己一絲生育的準備都還沒有，那恐懼便已然成頂上烏雲駐足著，在情緒陰天時，飄蕩過來。在二十初最是青春時，在百貨公司挑選禮物想作為生產禮，少女不懂嬰兒用品，我在一樓化妝品保養品專櫃中，挑了一組附了面膜的組合，願她成為美麗母親。病房裡充斥著各式嬰兒用品，給產婦的營養品，唯有我那組禮物，顯得年輕與突兀，但我喜歡那個禮物。

如同我告訴情人，即使走入婚姻，我不能失去工作，寫作，以及不要勉強我成就他人的目光。因為我不願失去那個喜歡的自己，也正是因為害怕而猶豫。

其實結婚與否始終高踞年過三十後的熱門或敏感話題。無法判斷我的不確定感來自哪裡，別人會說「世界上沒有完美的婚姻」，進入了便會明白，不那麼完美卻也不是太糟。那些想成為父者的男人，他們都在熱烈的期盼中，說一切的焦慮都是多慮，人生的下一個階段是必然的，有問題都會有人陪我共同面對，如同他們渴望快點成為父親一樣自然。

母親也許早就忘記，當初選擇進入婚姻的原因，也不一定記得自己為何選擇這樣的伴侶，可能是那年相親時，不熟識的情況下，母親看著她對面座位的男人在時間內充分展現出的美好，未曾想過太多的未來，便與這個男人開啟了一生，成了為生兒子，而有了五個女兒的六個孩子的母親，歷經了那麼多次的紅與痛。

母親不定期抱怨，恍若規律陣痛，她說「有時跟他生活真痛苦」，但下一次要帶她出遊，她又拒絕著說擔心父親一個人在家，不慣外食的他，飲食沒人照顧，那該如何是好。她時常厭怒孩子的父親，卻又分不開。母親的矛盾，或許就是種現實的婚姻日常。

偶爾我也矛盾，一個人的自在自適很美好，但兩個人的陪伴是溫暖。嚮往出門前能擁抱彼此，回到家後，看見另一半將碗盤洗好，等到兩人結束工作可以躺在另一半大腿上，看看影集或分享瑣事，那種雙人的微小簡單。期待未來會成為我孩子父親的男人，可以熨平我內在的擔憂與焦慮，可是男人似乎總是太樂觀。

「妳結婚會搬家吧？叫妳男人給妳買個房子啊！」關於未來與婚姻別人永遠都說得比我自身容易，好似他們都替我做好了我不知道的決定。或是自以為的男性友人會告訴你，維持婚姻請配合另一半的興趣，開始大談自己的經驗，太太多麼配合他，兩人生活才會融洽。無論是過來人、資深分子、新手、獨身主義者，他們都有千百個婚姻的版型，告訴我，就像做簡報一樣，版型套用，看起來那樣簡單而容易。他們還說，單身享有高度自由，兩個人卻也有冬夜分享體溫的溫暖，絕對不孤單。

「妳有對象，不會懂寂寞。」單身群眾聊起感情時，這樣地對著我說。而我正害怕的正是因為寂寞而結婚，也從不認為愛只是用來消磨寂寞的物品。在城市裡一個人生活，出門上班，下班後獨自吃消夜，在不同城市裡奔走，有過幾次聚會，沒有成群朋友的週末，都那樣習慣了，深夜裡隔著話筒道晚安，自己閱讀書寫，直到疲憊才進入被窩，日子一向這樣被身體與內心所熟悉，成了某種固定單人公式。有時寂寞，卻也不是絕對的寂寞。難道每個沒有人陪伴的女人，都會是寂寞的嗎？那些活躍在自己領域中的單身女子，即使沒有另一個人的襯托，也許在褪下西裝外套與高跟鞋後，擁有滿屋的寂寞，卻也依然耀眼，誰說她們真的寂寞。

而我害怕的是，那些不被理解的寂寞。那對我而言，才是寂寞真正的面貌。

朋友轉來女伴傳給他的訊息，上面寫著：「我覺得很厭煩，我講的話沒有被理解，久而久之也覺得很厭煩。」我回應朋友，是啊，每個要進入下一段關係的女人，都深恐自己不被理解，我們內在都有一個孤獨的自我，若無人理解，那寧可自己還是自己，不需要別人了。如同老家夜裡，一個房裡鼾聲正響，另一個房外洗衣機運轉聲搭配電視機裡重播的政論節目，他們各自自由又寂寞。

我不曾問過母親，在婚姻中想她成為怎樣的人，不是他人之妻，不是孩子的母親，而是自己。或許她也不會知道答案，因為她不懂得在婚姻中成為自己，姓氏上掛著丈夫的姓，當然也沒有人告訴她，她能夠擁有自我。

完美的父親，會是什麼模樣？答案依然是未知。而我並不知道，那些想過成為我婚姻中那個父者角色的男人，會期待我在婚姻中是什麼樣子，是相中我看似賢慧的能力，還是我擁有成為一名溫柔母者的特質？已婚的人說，這世界沒有完美的婚姻，當然也沒有完美的伴侶，完美太難，但能不能試著找到接近完美的平衡點。

電影《她們》中有段女兒與母親的對話：「女人，她們有思想、有靈魂，就像她們有心；她們有野心、有才華，就像有美貌。而我好厭倦人們說女人只要有愛就夠了。我好厭倦！但，我好寂寞。」我貪心地，不想做選擇，想不寂寞，也想永遠成為自己。

我記得我在離開診間時，告訴那個虔誠教徒的老醫生：「我不能不介意年齡，等到我願意生育時才生嗎？」而醫生告訴我說，就是生與不生的選擇，妳自己決定吧，這是妳的自由。我想列出長長的清單，告訴未來的孩子的父者，這個女人要什麼，抗拒什麼，願意接受，逐項勾選，我們才好安心往前，成為新身分，走向另一種日常。或許他會說：「真是麻煩啊，這個女人。」但妳可以做自己，做原本那個充滿思想、自我的女人，但是因為擁有自己，加上另一個人而不寂寞。

我期待有那樣一個父者，讓我在婚姻中保有自我實現，也同時接納脆弱的我，使我保有自己的模樣，那麼我們就在接近完美的路途上。

我從來不是幽默的安慰者

我時常嚮往自己有天能被注目，羨慕那些擁有可以用文字或話語能令人露齒微笑的人，他們往往充滿在他人目光中，也總能療癒人心。

很後來，因為教書工作必要，我開始練習說笑話，備課時的收尾工作，也是最重要的一環，即是笑話。先在網路上搜尋，在字字句句刻印般抄進教材空白處，還要讓笑話在腦海跑上好幾圈，到了講台上再老實地如同默背那樣講出笑話，而台下原來期待的目光，都成了無語狀，沒有笑意，更無笑聲。

我才發現，原來始終都沒有那個幽默的自己存在。

站在講台上講過最令目光們發笑的一則笑話是，在小學時，我曾自以為開玩笑或赤裸真誠地，在同學生日賀卡上，寫過一句「希望妳不要那麼三八了」並祝賀生日快樂。據說對方難過了許久，當時我家室內電話不斷響起，通通是其他同學打來責備。於是我也撥了電話向當事人道歉，但除了說抱歉，卻說不出更多的什麼，或者我說不出「其實妳不三八，跟妳開玩笑」之類，能安慰或扭轉窘境的話語。

成長後，我才發現幽默感或許和遺傳也有關。父親和我一樣都是沒什麼幽默感的人，他總是過度認真看待他人與自己的話語，介意自己在目光的邊緣，當然他也很不懂得安慰他人。

那些因失意或失敗，來到家中求助父親的人，無不先被則罵一頓，認為他們不該讓人生淪落至此，而那些人總會鐵青著臉色，忍耐著情緒，直到父親伸出協助之手，他們仍不會得到暖暖的安慰。

父親的好友阿林叔，因生病導致意志消沉。每每見面，父親除了鼓勵他不可放棄之外，往往說些極為現實的事，說他是家中支柱，若不振作起自己，家中無人能做主支撐，一家老小該如何是好，試圖激發鬥志，卻只換得兩行淚。

阿林叔過往總愛說笑，會在門鈴對講機那頭戲稱自己是來查戶口或送瓦斯，甚至是外送飲料的他，生病後幾乎不再開口，那些被喪失的笑語只落在回憶裡。父親大概不是個稱職的安慰者，幾年後他便失去了他這個最有趣的朋友。

因為死亡與失去的哀傷，讓誰都笑不出來，也說不了一句真正能起作用的話，父親只對他家人說：「至少他好好地走了。」吃過飯，洗過澡，乾淨而舒服地完成人生，而他的家人只是輕輕嘆了氣回應。

在死亡面前，我們都不該幽默。

外婆高齡安詳離世後，在家族誦經的場合，我和身旁的表弟共看一本經文，在排列群眾最後，看著經文上現代眼光看來是對女性的歧視字句，對照歌頌外婆母愛偉大的喪葬儀式，不禁討論起來，甚至發出細微的笑氣音。恍若農場裡脫序的動物，我們引發側目，那眼神像在說：「你們怎麼那麼不孝，有沒有良心啊？」天真的以為那字句引發的趣味，能稍微撫慰憂傷，卻恰巧相反。

父親的弟弟與他是完全逆向的性格，叔叔自年輕就喜歡逗人，兒時我也曾被鬧得呵呵笑。那是一輩子認真、嚴謹的父親不曾做過的事，父親連開玩笑都不懂，因此偶爾有些半惡意半趣味的玩笑，他都理解為惡意，只能更勤奮於生活，不至於被人笑話。而叔叔整個人生都在追求快樂，也樂於交際。

直到近晚年，他罹病，才有了父親的那點嚴肅。一次陪他到醫院做檢查，等待的時間漫長，他喝掉了一瓶水，抽了幾根菸，我不讓他再抽，便隨意想找些話聊，舒緩他焦慮情緒。

生動描繪了工作上的小插曲，我甚至模仿了家庭富有的調皮孩子與怪獸家長的醜態，中間提及每到寒暑假便拎著孩子出國，輪流飛歐洲、美國等旅費昂貴的國家，帶回成堆高級糖果餅乾紀念品，讓孩子到處炫富似地發送。

他沉默了幾秒後說：「阿叔過去，做事業當咧賺時，也是常帶恁堂哥、堂姊出國去迌迌，不過囡仔細漢時是知影啥。根本浪費錢……我感覺彼時我根本不對……這時實在真後悔……」那是告解，每個句子都沉沉地打進我心裡。

瞬間的氛圍，讓我們都不知該多說些什麼。他沉默後持續細數過往，太多難以明說的，是過量喚不回的後悔累積，還有遺憾。語氣平靜，沒有淚水，有一抹眼底閃過的悲傷。

我後悔開啟了話題，那刻叔叔成了一個無力寫出來的問號，正在往下墜。

原來能以幽默安慰他人，從來就不是我與父親的能力所及的事。

我們就是美勞課裡，永遠都在把勞作做錯的孩子，總是懊悔又手足無措，勞作成了尷尬的存在。

過境

獨自醒在無人的房間，我知道外面也空蕩蕩的，僅有整幢房子外城市裡白天嘈雜的日常。這種感覺很熟悉，回想起來原來是兒時的週末，我時常睡在父親老家過夜，和長我兩歲的堂姊C同睡一間房，晨起時，整個老家二樓好像只剩我，C早已下樓吃早餐或看電視。那些週末，我們總黏著彼此，晃蕩過假期的歡樂。

在某些北上短暫停留的時刻，我也睡在C的房間，因為我們是家人，她彷彿是我在那座城市裡唯一的依靠，只有她在的地方是我的去處。那些停留日的許多時刻，我醒在她離去，僅存我一人的房間，靜靜聽著窗外傳進來的城市聲音，慢慢醒來。一個人盥洗、整理行李，確認物品，出門前看看她有沒有留下前晚買的麵包能果腹，有冰箱的時候，檢查一下是否留有給我的紙條，然後闔上門離開，結束停留。

在成長的時歲裡，總有那樣的一段時間，特別嚮往多雨、繁麗、各種資訊滿溢的北城，C也是這樣的，一路往北徙，兒時他們舉家從台南搬至台中，等我到台中念書時，她則又往更北的地方去。那幾年，我熱衷到北城參加各種文藝活動，想找離夢想更近的地方，那時C的夢想大概早已落失或轉換成更實際的什麼了。

於是我便隨著C在多雨、濕潤的盆地城市裡編織流浪地圖，她換過幾個工作，搬過幾個房子，在各區之間轉換。

最初她和大學同學三人合租的老公寓，從景安捷運站出口出來，一路直走，會路過充滿花香的四面佛廟，沿途還有賣米粉湯的小攤子，C和我通常不點米粉湯而點香菇粥配燒肉和炸豆腐當小菜，因為那口味有種熟悉的南部口味，像兒時我和她在台南吃的那種帶點甜的口味。有假的時候，我們搭捷運去一站距離外的圖書館借書，再四處去晃晃順便吃飯，像兒時的週末去租漫畫順便逛夜市，到家後窩在房間裡，書本在她與我手中輪過一集又一集。

為了生計，C白天的業務正職之外，還有打工，部分週末夜晚，她出門去打工，我留在她窄仄的房間裡，用緊閉的房門將她那對伴侶室友的爭執阻擋在門外，一個人惶惶地窩在被窩裡，不敢發出一點聲響，甚至忍住了自己的尿意，深怕打破那籠罩整個屋子的爭執，希望他們忘記我在，忘記了也好，我只是來借住的人。

我無法得知C會如何面對這些，或許她習慣了，也可能跟我一樣躲起來。在三人組合的屋簷下，C大概微偏弱勢，伴侶室友住大房間，剩下一間中型房，當貓房，C的房間最小，但至少有一扇對外的小窗戶。正當我覺得有些委屈時，她說沒關係，她喜歡陽光，需要窗戶。白天裡，尚未到起床時間，窗戶便會傳來吱喳鳥叫，或啄敲著窗戶，有段密集期，我們曾懷疑鳥是否在窗型冷氣機外短暫築過巢。

之後隨著室友老家空出，三人組合遷往新店的舊國宅，房子稍老，但周遭生活機能很好，C依然住在小房間，有對外窗，冬夜夾帶雨絲的寒風從窗戶縫隙竄進來，我們擠縮在單人床取暖，談論各種瑣碎的生活事或電影，甚至分享一本好看的小說，間或聊聊兒時趣事。天氣好時，恰逢她室友外出約會，留下我們與貓及烏龜，若是早起時，我們會下樓去逛國宅下的早市，也會在傍晚走路去逛黃昏市場，順便買一點青菜給烏龜。過往，我們一起走路去買東西，是週末早上被派去老家巷口的統一麵包便利商店，買一瓶調味乳回老家配早餐。

那些北遊時光裡，我始終相信C和我之間，誰也沒有隨著成長與遷徙改變，我們還是我們。

兒時有許多遊樂時光，都包含了他們一家。C的父親，我稱為屘叔。第一次去吹海風看黑面琵鷺，便是跟他們一家去的，在我還是小學生時，屘叔那些年生意做得很好，樂於追尋美好事物，享受各式生活，跟著他們一家出門，總能吃上美食，以及到達不曾去過的美景。那時屘叔說：「這些鳥可能一年一擺，才會經過遮，過路的時陣，停落來歇睏，然後繼續飛去別位。」屘叔說得很輕鬆，但那年我對於鳥很快就要離去而感到些微哀傷，珍惜地多看幾眼。

屘叔的天生的樂天與追求快樂，在C身上也能看見。她喜歡騎車勝於公車捷運，有幾年間我就坐在她機車後座，任她帶我走過韓國街、緬甸街，去過許多夜市，吃上比台南貴了許多的小吃，也曾為了吃一碗有台南味麻油雞麵線，特地從新北市奔向台北市，用著限用網路流量的手機，努力在Google map上對焦，欲尋求那可以來，也能歸返的方向。

和C在台北度過的最後兩個蝸居處，一個是在中和與永和交界處，頂樓加蓋的家庭式房型中更小的雅房，極為簡陋，房間只有大賣場的便宜組合衣櫃，舊款的胖型小電視，連桌子都沒有。C說搬家搬得臨時，沒能先好好看房子，只能先有個棲止處，在她天天推銷不出兒童教材的時間軸裡，曾告訴室友也許會遲交租金，室友也說是她家的房子，沒關係能體諒的。而後卻都成了花火，點燃後慢慢炸開在日常，彼此清算每筆出入，室友嘲笑她的天真，再將所有不快統統傾倒而出，她失望而逃跑。那年她曾說，錢啊，讓她看清楚人，也認清一段關係，她想著這是北城的冷漠及心機、疏離，不是南方的人情味，說自己只是短時間旅居在此的一個外地人，始終成不了天龍人。

彼時，我安慰著C，也替她的獨自生活感到開心。她住老國宅時，室友的父母時常在屋子空蕩無人的上班時間，扭開鑰匙自然地進入，獨自在房間的我盡可能不發出聲音，假裝沒人，好以符合這是上班時間該有的空屋狀態，避免要解釋自己是誰的窘迫，也害怕C被算計只交一份房租，卻時常住了兩個人，我像意外進入久無人居的空屋偷住的賊，悄悄地等屋子的主人離開。

彼時，我們未曾猜測或預料過，原來有一天我們都會變成回不去的模樣。

兒時賞鳥的記憶早已如紙上被水漬暈開的筆跡般模糊，依稀有著冷海風刮臉，

C和我輪流用望遠鏡看更遠的鳥，活生生從課本躍出的黑面琵鷺，那樣新奇，牠們是每年歸返的鳥，無論身在哪個遠方，總會知返。但人自從離家時間成為無法輕易計數的數字後，回家成了不再簡單的事。

C在北城的最後一個家，是六樓的家庭式房子隔成的套房，她選了最裡邊靠陽台那間，有面大窗戶，夜晚其他租戶洗衣機嘎響，脫水聲夾雜冷風，隔壁房間是基地台，隔牆偶會傳來嗡嗡電流聲。C搬到此處時，我們兩個人協力搬家，請不起搬家公司，她在這座城市裡闖蕩多年，未曾擁有個有汽車或幾個能為她搬家的朋友，像隻不小心落海掙扎的鳥，不僅沒有被撈上岸，也沒有遇見什麼同伴，依然獨自在海裡，看著其他的鳥飛去又飛來。

她在機車前座擺滿裝箱物品，我在後座雙手勾著大塑膠袋，一路顛簸至新租屋處，那畫面像黃信堯導演的電影裡，有人騎著機車在筆直的路上，沿途是不斷向後飛逝的路邊日常風景。那是秋天，天氣時常涼熱不定，搬遷的路途並不太短，大約有近二十分鐘，民宅區過後是公司廠房，接一段空曠的小荒涼，彼時總有一些排列整齊飛著的鳥，好像要和我們往同一個目的地似的，我以為那是來過冬的候鳥，每年都要歸返南方。路接到鬧區後，轉入小巷裡，終於抵達。兩人喘著氣從細窄的樓梯，向上爬至六樓，再下樓，騎車前往上一個房間，同樣的路，如此往復，那時我們有種相依相伴的緊密，像序列整齊的鳥群，從不失散。

因為沒有備份鑰匙，有幾次我從捷運站走了十幾分鐘的路程，走到她租屋處附近的便利商店，等待下班的她，熟悉了次次為短暫的旅途來借住，習慣已經成自然，那時我想著是家人沒關係，C也不會計較，兩個人也比較有伴。有幾次，剛好遇上後來她工作的印刷廠大日，她必須留下看印看色彩，確認印出的各式DM規格和版面無誤，我則在便利商店枯燥守著加班至凌晨兩三點，才能返家的她。讀傳播學系的她，必定也曾幻過電影或電視劇的美夢，或是一個小小廣告也好，而不是在印刷廠裡熬夜上著無限的班。

我想起C的人生的初回遷徙，是在兒時賞完鳥後不久，尫叔生意賺了大錢，而後他們家從老家的靠海小鎮，徙往台南市中心，住在五層樓的透天豪宅。過了幾年好日子，景況卻急轉，尫叔生意失敗後，帶著全家離開台南，落腳台中，留下替他收拾債務的我的父親。老家神明曾預言尫叔要住在台南老家才興旺，而他們一家卻越飛越遠，遠到神明也庇佑不到之處。

當C還浸泡在印刷廠的日夜裡時，屘叔癌症確診，父親提議不如退租台中的房子，遷返空出而租人的台南老家，大家也好有個照應。父親他們手足間為此爭鬧不休，他們共同享有產權，意見卻散落分歧，找不到共識，有人長年收租不願讓，屘叔說他欠了哪個人錢，他把自己份全權交給對方做主，一心替屘叔著想的父親，意見被邊緣化，連屘叔都不願意與他同一方。我和C談論起來時，她說自己父親沒有不願意，但這與我父親所陳述的又相反，不僅父親手足之間，就連我和C也漸漸不在同一個隊伍。

沒有結論的爭執後，父親擔心屘叔，要我陪著到醫院看診，當時C仍在北城裡努力攢更多的錢，我暫代C的缺位，醫院裡的人都誤以為是屘叔的女兒，對著我交代療程與藥物，或許兒時也曾被誤以為是他家的小女兒，我也曾嚮往過能一家到處尋樂的生活，但真實往往都不會實現期待，我始終沒有真正成為C的妹妹。

那是我們最後的交談，家人和父親手足間纏亂的指控，家人受傷頗深，對此C好似一個無視的旁觀者，冷漠對著我說：「沒有什麼不可能的，人都是會變的。」

我絕望地提起當年父親替他們一家償還大量債務，家人曾在她身上沒錢時，帶她去吃飯，給她錢，怎麼可能我的家人會是指控中的那樣，對此C則說：「妳要這樣想，我也沒辦法，隨便妳。」而後又說：「家人之間不要談錢，傷感情。」

直到和C，真正的分往不同路途，我才懂了，原來這些感情也只不過是短暫的需求，像短暫的過境。才發現他們不是年年回來過冬的候鳥，只是過路客而已。

無論遷徙或逃離，往往離家之後，家都是無法真正回去的遠方。

除夕夜前，我在老家的便利商店寄完包裹後，遍尋不著垃圾桶，資深店員指引方向，我像隻迷途的鳥四處闖撞，店員笑我說：「很少來對吧！」明明路沒有變，只是多了新商家，騎車往海的路線也依舊是我的祕道，只是父親老家再也沒有和我們流著相同血液的人住著了，有種熟悉又陌生的感覺。

那個便利商店的前身，就是兒時週末買牛奶的統一麵包，現在已經是7-11，若是C回到這裡，也會和我一樣找不到垃圾桶吧。即使真的有歸返的時候，也比誰都更陌生，最終她連過境都沒有。

他們不再返回台南過節，C大概也成了北城人的模樣，我們都只是路過了彼此的人生而已。

候鳥

如果離家是成長的必要，那麼回家又是什麼？

因為工作的關係，幾個月間固定於城市間往來，北上的通勤時間，偶爾會喚醒記憶。或許是盆地的關係，每每走在街道上，總會覺得各種味道撲鼻而來。路過上班族身上香氛滿溢，捷運站扶手消毒的酒精味，街道前方麵店蒸氣噴鼻的麵條粉味或辣醬刺鼻香。

大多時候，我會在開始工作前進入大樓出入口旁那家便利商店買一杯咖啡，也可能吃御飯糰或熱狗，那裡有種類似麵包的氣味，正確來說是各種食物混雜的一種不知名，卻只屬於那個空間的味道。

兒時的週末，我常睡在父親老家，我習慣稱它為「舊厝」，那裡也有一種混雜的味道，客廳老人萬金油的微涼，潮濕的老屋氣味，我喜歡那時的家，我們一家住的鐵工廠是家，阿公家舊厝是更大的家，家人很滿，要在門口拍張家族照，要依序及身高一一排列，最小的孩子都只能坐在地板上，那些人如今都成為住在老照片裡的風景，眾人圍繞著阿公阿嬤切三層蛋糕的滿，快要溢出相框的滿已不復存在。

舊厝曾是承載著許多人的家，父親三兄弟事業各自發展賺錢時，尪叔當年是台南有名的金子師傅，舊時喜樹、灣裡延伸到茄萣，金子業正興盛，錢像浪湧進，那幾年阿公甚至會在舊厝草埔仔一帶發米，因為有賺錢，所以要救濟住在同區的同鄉們。尪叔事業高峰期時，身邊當時有幾個跟著他跑外務的員工，過年也會在，最初有劉叔叔，他在尪叔身邊工作多年，他姊姊都是這個家的一分子，阿公去世時，他們也披麻戴孝。

尪叔做金子的興盛期尾聲，有另一個陪他跑外勤的哥哥，我記得自己在很中二的年歲時，開玩笑要他包紅包給我，等到他真的包了，我又佯裝成熟大人應對，收下紅包袋退回現金。在我長成那年他的年歲時，他早已消失在過年會來按電鈴拜年的人群裡，過往年節他都會回隔壁鎮的茄萣老家，順便到家裡來拜年。在我也忙著在自己的成人迷宮中裡茫慌、迷途打轉時，才後覺地聽說幾年前他喝了酒後，在我也生活的那個城市的租屋處沒了氣息。

我記得他的名字，他的名字用台語唸，跟中文的英雄發音一樣，我總是叫他「英雄」。父親說他因家貧母早逝，當完兵找不到工作，才到尼叔那邊去工作，不久後尼叔事業衰敗，賣掉住沒幾年的七期透天厝後，攜著一家離開台南，英雄也就跟著走，然後被介紹到同業的朋友那邊，在漸賺不到錢的產業裡，成為一名做著零星工作的無名金飾師傅，沒有結婚或戀愛，獨身在異鄉生活，以及逐漸死去。所有的鬱卒，跟他老家的父親一樣，都寄託在酒精，醉了就可以暫時忘卻現實，他在離家遙遠的城市裡，孤獨地一點一點地讓酒精帶走他的體溫。我想後來成了「祂」的他，應該好好返回黑面琵鷺每年必歸返過冬的海鎮休息了。

據說鳥類每年在遷徙過程中，遷移距離能達數百至數萬公里之間，並且能飛越沙漠或海洋那些無法停下來棲息，或稍微補充能量的地方，因此被認為在因應遷移上，是演化最成功的一類動物。而鳥類遷徙的原因，來自想兼取兩地的好處，在溫帶地區繁殖，然後在熱帶地區過冬。反觀人的遷徙，有時候像一種逃離，把希望寄託在陌生的地方，總以為拋棄原本的地方，嚮往新的地方，就能擁抱更好的，全新的人生旅程。

尼叔搬離舊厝，也是林家起家厝後，看起來風光過幾年，住在裝潢華貴的五層透天厝裡，一週好幾天晚餐在同排透天厝尾端的拿波里西餐廳度過，像一顆昂貴的糖果，外表看起來仍正常，扭開包裝紙才發現早已爬滿螞蟻，巳叔的事業狀況像失足似的，沒有緩衝道，直接滑落末端，很快地便舉家遷往其他城市。在那些名為「家」的租屋處間來去，事業與身體都隨著年紀老去，有過類似老舊三合院的紅磚屋，屋前空地的雜草高到我的膝蓋，而後有過各式房子，然後是狹窄的家庭式公寓，無論如何搬遷，他總帶著祖先牌位和阿公阿嬤的遺照，在那些做忌日時，他仍會擺上牲禮跟飯菜，在遙遠的另一座城市裡祭拜。我上大學後也到了他們一家所在的城市，那幾年間他時常來電說今天是阿公或阿嬤做忌，要我過去吃晚餐，有時他的孩子不在，我便像他家的孩子那樣，陪著看電視配晚餐，那畫面彷彿遠久的我的童稚時期，時常窩在舊厝和堂兄弟姊妹一邊扒飯，一邊盯著電視機裡的棒球轉播一樣，我知道巳叔試圖想復刻出家的原樣。

即使所有人心裡都深知，那個原樣早已遺失，有因爭產而鬧翻拒絕往來，也有借不到錢生氣失聯，或是在各項共同決策中，總有人想獨得最大利益而與他人爭執，最終再也無人能重返那個家。那個家早已因為共同產權，被有心人出租給外人，月月收著租金。父輩手足間漸漸因為金錢或利益糾紛走向失聯，過往年節和清明時，大家總要待父親擇定日子與吉時後，一同去掃墓，失聯之後同一家祖先，大家各拜各的，再也無法相遇，僅能從花瓶裝插著的花束或金爐裡的餘燼，判斷也許誰來過了。

父親在很漫長的人生裡，即使衝突或失聯，總是擔心著厝叔，怕他生活沒著落，怕他孩子負擔不了生活開銷，怕涼了、餓了。在厝叔罹癌確診那年，我時常接到父親的電話以及給我零用錢外的費用，要我陪厝叔去醫院看診，並替他買些有機食物或營養補充品。即使厝叔說不需要，他可以自己到醫院去，但父親仍堅持要我陪，我夾在兩人之間，不斷來回溝通，要接父親電話，同時也希望厝叔能懂我的為難，我無法拒絕父親，因此有了幾次陪同去醫院的早晨。

見了面，厝叔如往常關心我吃早餐沒、很少這麼早起吧，累不累，手裡一面將養生茶飲裝入保溫瓶。電視機傳出晨間新聞的聲音，幾則關於醫藥抗癌或哪個名人癌逝的新聞，他特別停下來看。看完我說搭計程車去吧，別開車，萬一累著不好。兩人僵持了一陣子，我們才搭上計程車，抵達那個教學醫院後，我搶著付了車資，司機說：「你女兒很孝順。」我笑而不答。

過往，我確實曾希望過，在一切崩壞前。

兒時父親因為生了太多女兒，對孩子總是嚴厲教養，忙著工作也極少陪伴著出遊，也不太參與成長過程的各種發表會或典禮。厝叔不同，他享受生活，在舊厝的時光裡，他總是開車載著一堆孩子出遊，不定期去關子嶺拜拜，夏日到野溪去玩水，走吊橋，秋天去能賞楓葉的地方，冬天幾乎每年都去茄萣或七股賞鳥，看那些飛來過冬的黑面琵鷺。即使是在家，堂哥堂姊也享受著新奇或稀有的玩具，我始終記得兒時堂姊有組很大的扮家家酒組合，搭配芭比娃娃一起玩，扮家家酒組很大，大到要用裝鐵盒丹比喜餅的紅色塑膠提袋裝。

我大學到碩士班的期間，也有過好幾次坐在厝叔那台舊二手白車的後座，跟著他們一家出遊，說出遊其實也非真的玩，只是在平日裡臨時起意，想離開市中心，去新社或哪個近郊走走，可能會在觀光景點附近的餐廳，吃一個小火鍋來結束出遊，很輕鬆而愜意地過日子，那般悠活的日常，彷彿回到兒時每年要去賞過冬的鳥一樣，那種新奇與快活感受是父親甚少給予的。

作為孩子，看待父親這個角色，總期待能陪伴跟帶出遊，而厝叔是我童年期短暫嚮往過的父親。

厝叔在我成人後的如今，他當然也隨時間成了另一個模樣。某個陪看診的早晨，我們在地下一樓診間，幾個候診老人跟一名櫃檯護士，安靜而荒涼。先報到，待幾小時後，再過來打顯影劑，才進行檢查。坐了一會兒，他說這裡太冷了，想到外面去。我們在戶外找了地方坐下，他叮囑我快吃早餐，頻頻問我這裡會不會太熱，口渴不渴。那種叨絮果然與我父親一樣，畢竟他們來自同一個血脈。

等待的時間漫長，他喝掉了一瓶水，抽了幾根菸，我不讓他再抽，便隨意想找些話聊。他問今天不用去學校嗎？沒上班嗎？我不想對他說，那些因為他是病人，不能他一個人面對，或來自家人們的關心，父親和其他人賦予我陪伴的任務。我淺笑著回今天剛好都沒事。之後有一句沒一句搭著話。

他每隔幾分鐘就看一次手錶，對照手機時間，手機鈴聲突然響起，催繳的電話讓他嚇了一跳。或許是氣氛太緊張，為了緩和這種尷尬的場面，屘叔問起我工作的細節，說現在的孩子應該不好教，我便順勢地對他說起許多私自以為的趣事，說起孩子們在生活物質上的華麗與過滿，還有孩子的任性、失禮，更多是家長們追尋各種評比的勝利，用盡各種方法，好讓孩子站上最高殿堂。

他突然安靜了一陣子，而後開始傾訴著過往。他持續說著，細數過往，一切都難說清楚，似乎過多喚不回的後悔累積，還有遺憾。語氣平靜，沒有淚水，有一抹眼底閃過的悲傷。彷彿受傷的動物，正在舔舐自己的傷口，那樣脆弱。

回診間的路上，過往不斷向腦海席捲而來，如默片播放，他穿高級服飾，帶我們去吃西餐、在工作上威風、像個大孩子和我們一起遊玩……，各種模樣，最後是崩毀失去後、病後，成了一個像無力寫出來的問號，正在往下墜。

我們在放射室外的長椅等待，那操作室裡的醫生尚年輕，約莫才近四十或多一點，兩個女學生來找他，嬉笑著，其中一個站上了體重計，說她胖了，年輕醫生說：「這是快樂重！」女孩銀鈴的大笑聲響透寂寥慘白的空間。他也站上體重計，只剩四十一，我驚覺他成了清瘦少女的重量。

我不敢告訴父親太多的更真實的狀況，畢竟父親有時在言談間難免會偷責備尻叔，大約是當初做生意沒注意到一些眉角，以及不該砸大錢買房遷往市區，或判斷當年可能尻叔也遇上了壞朋友，沉迷於浮靡豪奢的物質生活，而後從正盛的人生往下坡滑，到晚年又罹癌，父親始終擔憂著他的孩子，為了承接上一代的失落，生活過得過於辛苦。父親的責備中，卻始終帶著愛，當年的他仍舊替尻叔負擔起許多須償還的部分，賣房、籌錢為尻叔想盡任何方法，如今也依然煩憂著尻叔的身體跟一家子生活狀態。

也許是愛有多少，衝突也就會等量，父親為了屘叔好，希望他們一家不如遷回舊厝老家，生活已經辛苦，不必要再多支出房屋租金，也認為回到讓屘叔成功的起家厝，作為一種歸返，身體或一切都會漸漸好，慢慢旺回來。

父親彷彿是鳥巢裡的成鳥，多年來不斷教導著正學飛的幼鳥，該如何飛翔才能飛得更好，才能不迷途，在疲倦時能找到回家的路。而屘叔是嚮往自由的雛鳥，學會飛之後，想用自己的方式飛翔，飛出自己的路線，意圖到達更高遠的地方，卻也從更高處受傷摔落，但又不敢回巢，擔心受教訓。

屘叔並無任何回鄉的意願，又難說明白理由是什麼，但考慮簽下放棄急救書，以及讓孩子拋棄繼承財產事宜，想讓父親安心，即使他重病或可能面臨死亡，也不會再拖累誰。但不返鄉是確定的，大概是離家多年，他鄉已成家鄉，習慣了便會生根，也可能是沒有人願意以老、病作為歸返的理由，父親這個世代的男人或一家之主的思維，期待的是光榮返鄉。加上離家已久，也無法確定是否能真的返回最初之地，好好的生活。屘叔與父親兄弟間的步伐，始終無法在一樣的節奏上，愛與憂愁之類的情緒，糾纏後成了一團死結，於是遙遠的關懷成為最後的，保有距離會更好的愛。

據說鳥類手足通常會有秩序，並且排列好一起飛行，但人類手足卻完全無法做到，失序像一種日常，直到連最初過冬的家都消逝，只能再飛往他處過冬。

有幾年間，我也在回與不回間掙扎，我只希望自己永遠能夠回家，而家也必須永恆存在。當姊姊出嫁後，眼角噙著淚水回家，父母都說家就在這裡，永遠可以回來。父母卻早已失卻最初的家，建立另一個家，成為擁抱孩子永遠能回來的地方。母親在失去她的母親後，回娘家的次數減少了，因為回去的理由減少了一點。

那些無論是什麼原因而離家的人，有人選擇回來了，然後占據家族裡一塊土地角落，蓋起了鐵皮小屋，假日當成自己的休閒處，廚房設備齊全，還進駐卡拉ＯＫ設備。也有當年因債逃離鄉里的人，即使窘迫貧病，也不願回老家。依然在城市裡過活。

過去幾年裡，黑面琵鷺的家也正面臨道路開發，會受到波及，有一些聲音認為會讓鳥無過冬的家，也有一派說法，說從數據上來說沒有大影響，鳥兒仍然有家，一切都沒有對或錯，只是在時間沙流裡，終究有些留不住的會隨沙隱沒，而留下來的又難免變化，家的模樣或許很能永恆不變。

誰都無法預知未來的命運，我也害怕自己會有無法返家的一天，總是焦慮提醒自己，無論未來如何，都要成為能回家的人。

記得在醫院的那日，看著玻璃倒映的面容，猳叔說想努力吃胖回來，離開醫院時，他又說：「毋知影甘會好起來……」也許會，若是你努力，我說。

無論是以什麼樣的方式，可能在未知的或更老去的人生裡，總有些時刻，人會想起最初的家，關於原本圓滿的家的模樣。

候鳥都努力南北遷徙過冬了，無論濕地如何變化，只要那塊地還在，鳥兒就永遠有歸返的地方，無論是最初或後來，只要有家能飛回就好了，或許一切都會好起來的。

相信以後：永遠的永遠

我在十九歲那年，離開家，離開台南最南邊的小鎮，到另一個城市去上大學，追尋遙不可及夢想，在人生裡浮沉，經歷過一個又一個的求學階段，來到最後無法預測畢業的時間的最後。

當然沒有像父親長出一頭滄桑白髮，卻也感受到這世界的善與惡，也經歷許多的淚和笑，我終於慢慢能懂父親所走過的路，進而理解他、感受他，還有心疼，與他沉重的包袱。

過往我並沒有意識到自己父親，或是關於他和神的關係，是個獨特的存在，大概是習於日常的關係，也不太會主動向朋友提起這件事，和他人交際往來時，偶然聊起也只會被問家裡做什麼的，我便照實回答父親是做生意的，畢竟出借身體給神，某些日子短暫成為神，並不算父親的職業，也不是副業，只能算是父親日常裡當志工的事罷了。

而我並不完全明瞭，父親在當志工為神服務時，暫時脫離了紛擾日常，是否比較快樂，但偶爾神從他身上退去，他回歸為凡人，又要為了他的志工神事而煩惱，或奔忙，若將為人或為神這個選項，放入快速二選一問答中，我也無法預測到父親的答案，還是其實沒有快樂與否，僅有煩擾與否的問題，那都是我處於疑惑，也從未問過父親的部分。

如果再多想一些，我更想知道的是，父親在哪個時刻才能更加做自己呢？

我希望父親能有足以讓他完整做自己的時候，而我不知道父親除了家之外，有沒有那樣一個能展開自己的空間，像泡入熱水中的乾燥茶葉，漸漸地，將自己的捲曲起來的身體葉脈完全舒展開來，好好地成為自己。

父親並不知曉，每一年的年底我用盡力量，讓自己能夠抵達演唱會的現場，二十幾年間不斷聽著同一個樂團的演唱會，甚至同一年內去了無數次，還到國外聽演唱會同時旅行。我迷戀於演唱會時空裡，歌聲與樂音從空氣中的溫度與溼度傳到我所在的地方，能感受到身體裡的被聲音微微的震動，唯有在那樣的時刻，在忽明忽暗，螢光棒與舞台燈光閃爍之中，沒有他人的目光朝向我，而我終於能夠做自己，盡全力的投入我愛的歌裡，也笑也哭，還尖叫或輕輕跟著唱，終於好好地放下自己，讓自己隨著演唱會與深愛的樂團交融，完成療癒自我的旅程。

大學時因為買專輯送校園演唱會門票，我又連看好多場，那年家人偶然在報紙上的報導照片裡，發現一個側臉說極為像我，不斷詢問或試探我是否去了演唱會，除了光看一張人群裡的照片，我也無法確定那是否是自己之外，加上深憂著會被責罵，不讀書跑去聽演唱會，於是隱瞞了我在現場的事實，而事實上我確實存在每個演唱會現場。

隨著年紀增長，失眠的夜多了，需要更多能自在呼吸的時刻，需要演唱會的渴望越來越深，於是留下了無數的美好夜晚與票根。

隨著演唱會，走過一個又一個城市時，突然有個新的願望在心裡緩緩冒芽，若有那麼一天，我所愛的樂團，他們能夠開一場大多唱台語歌的演唱會，那麼我就能帶著父親一起抵達，讓他也可以沉浸在音樂中，我們都放下了日常裡生命的重量，好好當一夜自由的自己，而非被他人定義的自己。

演唱會接近尾聲時，必唱一首台語歌，歌詞裡有一句唱著：「我不願做人，奸巧鑽縫，甘願來作憨人……」那歌裡唱的，讓我想起父親，父親對所有的事情都有堅持，寧願受傷也不願取巧地違背自己的準則，抱持著他所追求的公正，於是他常常成為那個「憨人」。唱到這首歌的間奏時，主唱總會哼唱著「讓我聽到你的聲音……」，而後歌迷會接續著在節奏哼唱，透過聲音將內心遙遠地傳遞到舞臺上，即使自己只是眾人之一。當我寫下關於父親與神的文字時，這些書寫好似一場對父親獨有的演唱會，我用文字傳達他，也傳遞我自己，在文字裡我們各自的聲腔合奏著，為彼此訴說。

有段時間，父親因為不熟悉觸控式的智慧型手機，時常在無意間撥打給我，接通之後，只聽見他的背景音，卻沒有人回應我，父親完全毫無察覺口袋裡的手機正在通話，我便聽著他那端的聲音好幾分鐘，推測出他在家或是外面，若是在外面我會聽久一點，直到確認沒事，才安心地按掉通話鍵。如此反覆多次，我不敢漏掉任何父親的來電，或許是我遺傳自他的敏感與易焦慮，使我們擁有某些時刻的悲觀，以及恐慌，我深怕他真的有事，或出了什麼狀況，所以我永遠都會接起父親的來電，即使他不說話，我只能靜靜地讀著他遙遠那端細微的音源，那樣我才能擁有安全感。

我驚覺，父親在時間的流逝裡，已成了那個會讓我擔心的老父親。

因為不在身邊，因為有距離，惶恐著會有意外的無常落入日常，尤其在父親間隔地送走那些問神，或也能成為神的好友後。我終於明瞭，即使能成為神，父親也無法成為某個永遠，在我也漸漸活成熟齡時。

想為父親做些什麼，好杜絕我們人生中，有被寫上遺憾兩個字的可能性。在書寫時，我讓父親緩緩道來他的故事，偶爾也提問，或插入幾句評論，最常問起父親的是：「汝甘會後悔？」父親則會露出笑顏，告訴我當時他沒想那麼多，或事情發生了也無法度，當初不知道會是這樣，像是無奈的接受，但沒有正面回答的背後，就是他無法後悔，也沒有後悔過。

父親曾說懂命理的人，都知道人的命運是不能被說破，否則將起大變化，如果父親命中注定無法依靠任何親人，甚至要時常被身邊的人拖累，那麼在我寫下一切之時，彷彿詛咒般禁錮的命，會不會就此被破除，我願當那個被依之人，直到命運的終點。

無論世界怎麼變化，我和父親在未來的時間裡，還要經歷多少哭或笑，還有多少的做夢與失眠，直到永遠的永遠，即使世界有了變化，也不管別人怎麼說，我都會是父親的永遠的小女兒，會寫字替他發聲的小女兒，只要他願意訴說，願用盡一生傾聽，也為他書寫。

我知道那些走過的路，終會成為希望，希望所有的聲音與文字，都放在心裡，總有一天，我們都會好好成為自己。

寫到最後的文字時，我不知道還在老家的父親，會不會繼續等著我，等我回家，等我抵達更遼闊的地方，並一面燃香寫符，為我擇定每個良辰吉日，讓我能繼續成為那個，他可以好好向別人訴說的，寫字小女。

文學叢書 657

INK PUBLISHING

附神——我那借身給神明的父親

作　　者　林徹俐
總 編 輯　初安民
責任編輯　宋敏菁
美術編輯　陳淑美　黃昶憲
校　　對　吳美滿　林徹俐　宋敏菁

發 行 人　張書銘
出　　版　INK 印刻文學生活雜誌出版股份有限公司
　　　　　新北市中和區建一路 249 號 8 樓
　　　　　電話：02-22281626
　　　　　傳真：02-22281598
　　　　　e-mail：ink.book@msa.hinet.net
網　　址　舒讀網 http：//www.inksudu.com.tw

法律顧問　巨鼎博達法律事務所
　　　　　施竣中律師
總 代 理　成陽出版股份有限公司
　　　　　電話：03-3589000（代表號）
　　　　　傳真：03-3556521
郵政劃撥　19785090　印刻文學生活雜誌出版股份有限公司
印　　刷　海王印刷事業股份有限公司

港澳總經銷　泛華發行代理有限公司
地　　址　香港新界將軍澳工業邨駿昌街 7 號 2 樓
電　　話　852-27982220
傳　　真　852-27965471
網　　址　www.gccd.com.hk

出版日期　2021 年 7 月　　初版
ISBN　978-986-387-404-1
定　價　300 元

本書獲得 財團法人國家文化藝術基金會 National Culture and Arts Foundation NCAF 出版贊助

國家圖書館出版品預行編目資料

附神——我那借身給神明的父親／林徹俐著
--初版, 新北市中和區：INK印刻文學, 2021.07
面；14.8 × 21公分.（文學叢書；657）
ISBN 978-986-387-404-1（平裝）

863.55　　110007045

舒讀網